ABRÉGÉ

DE L'HISTOIRE

DE

NOTRE-DAME

DE BOULOGNE

Iik 1262

ABRÉGÉ

DE L'HISTOIRE

DE

NOTRE-DAME

DE BOULOGNE

PAR

M. L'ABBÉ DANIEL HAIGNERÉ,

Archiviste de la ville de Boulogne.

BOULOGNE-SUR-MER.

Imp. de BERGER frères, éditeurs, Grande Rue, 51.

1857.

ABRÉGÉ

DE L'HISTOIRE

NOTRE-DAME

DE

BOULOGNE.

―――○◁○▷○―――

CHAPITRE PREMIER.

*De l'Image de Notre-Dame de Boulogne, dans quel
temps et de quelle manière elle est arrivée
au port de Boulogne.*

Les origines du culte de la sainte Vierge dans
la ville de Boulogne, échappent, pour ainsi dire,
aux investigations de l'historien. Les pieux récits,
que nos pères se transmettaient d'âge en âge,
ont été tardivement recueillis par la plume de nos devanciers ; mais à défaut d'autre document, et surtout quand il n'y a point de témoignage contraire, la
tradition orale a sa valeur en histoire. Qu'on ne
s'étonne point des merveilles que nous allons redire :

1

on en rencontre de semblables dans les annales de tous les sanctuaires où la dévotion du peuple chrétien se plaît à honorer la Mère de Dieu. Depuis la Basilique Libérienne de sainte Marie-Majeure, érigée à Rome, au IVe siècle, jusqu'à l'église qui s'élève de nos jours, sur l'agreste montagne de la Salette, partout on trouve une mystérieuse apparition, un éclatant miracle. Sur tous les points du globe, une trace lumineuse de bienfaits signale ainsi à travers les siècles, le passage de Celle que toutes les générations proclament Bienheureuse. Comme Mère de miséricorde, Consolatrice des affligés, Secours des chrétiens, Refuge des pécheurs, cette Vierge fidèle et puissante a voulu dresser en mille endroits divers le trône où elle s'assied pour entendre la prière : ici c'est Notre-Dame de Grâce et de bon Secours ; là, c'est Notre-Dame des Victoires, ailleurs Notre-Dame de sainte Espérance ou de bon Conseil ; dans notre ville, aux bords de l'océan qui frémit en rongeant nos côtes, c'est l'Étoile de la mer, guide et boussole du nautonnier, du voyageur et du pèlerin.

Laissons raconter aux anciens comment la divine Vierge elle-même est venue se choisir un sanctuaire sur la colline de Boulogne.

« L'an 633, ou 636 selon quelques-uns, sous le règne du roi Dagobert, arriva au port de Boulogne un vaisseau sans matelots et sans rames, que la mer, par un calme extraordinaire, semblait vouloir respecter. Une lumière qui brillait sur ce vaisseau fut comme le signal qui fit accourir plusieurs personnes, pour voir ce qu'il contenait. L'on y

aperçut une image de la sainte Vierge, faite de bois
en relief, d'une excellente sculpture, d'environ
trois pieds et demi de hauteur, tenant Jésus
enfant sur son bras gauche. Cette Image avait sur
le visage je ne sais quoi de majestueux et de
divin, qui semblait, d'un côté, réprimer l'insolence
des vagues, et de l'autre, solliciter sensiblement
les hommes à lui rendre leurs vénérations. Tandis
que la nouveauté de ce spectacle ravissait ceux
qu'une sainte curiosité avait attirés sur le rivage,
la sainte Vierge ne causa pas de moindres charmes
dans les cœurs du reste du peuple, qui était,
pour lors, assemblé dans une chapelle de la Ville
haute, pour y faire ses prières accoutumées. Car
s'apparaissant à eux visiblement, elle les avertit
que les Anges par un ordre secret de la providence
de Dieu, avaient conduit un vaisseau à leur rade,
où l'on trouverait son Image : Elle leur ordonna
de l'aller prendre, et de la placer ensuite dans
cette Chapelle, comme étant le lieu qu'elle s'était
choisi et destiné, pour y recevoir à perpétuité les
effets et les témoignages d'un culte tout particulier.
On tient même qu'elle leur commanda de fouir
dans un endroit qu'elle leur découvrit, les assurant qu'ils y trouveraient de quoi fournir aux frais
nécessaires, pour mettre cette Église en sa per-
fection.

» La nouvelle de cette apparition se répandit
aussitôt par toute la ville, et en même temps
le peuple descendit en foule sur le rivage, pour y
recevoir ce sacré dépôt et ce riche monument de
la libéralité divine.

» Cette sainte Image fut solennellement portée dans l'église, où elle est encore à présent honorée; église qui peut passer à bon droit, pour un des plus anciens Sanctuaires de toute l'Europe, où la piété envers la sainte Vierge ait fleuri davantage, et où Dieu ait opéré plus de merveilles par son intercession, la plupart des autres images et lieux de dévotion n'ayant été connus que longtemps après.

» La même tradition, qui nous persuade l'arrivée de l'Image, en la manière que nous venons de le rapporter, nous apprend aussi que l'on trouva dans le vaisseau deux autres reliques très-saintes, l'une de Jésus-Christ notre Seigneur, et l'autre de la sainte Vierge, avec une Bible manuscrite.

» On ne sait pas au vrai, de quel lieu est venue l'Image de Notre-Dame de Boulogne, mais si l'on regarde le temps de son arrivée, l'on pourra facilement donner dans la pensée de ceux, qui ont cru qu'elle venait de l'Orient, et qu'elle était un reste du débris arrivé, selon Baronius, environ ce temps-là, dans les villes d'Antioche et de Jérusalem, par l'invasion des Sarrasins, qui donna lieu, selon la remarque de ce savant Cardinal, de faire transporter par divers moyens, plusieurs reliques dans l'Occident, où l'Église jouissait pour lors d'une profonde paix. Et ainsi la ville de Boulogne, quoi que située dans un coin des plus reculés de l'Occident, pourroit bien avoir profité, dans cette occasion, des dépouilles de l'Orient; et l'Image avec les Reliques, dont nous avons parlé, pourrait bien être une partie des richesses qui lui furent alors enle-

vées. Comme si Dieu, dans le temps que ces barbares s'emparaient de la terre Sainte, avait
voulu, par un dessein tout particulier de sa Providence, que l'Image de sa sainte Mère chassée en
quelque façon de la Palestine, trouvât son asile,
justement dans une Ville qui devait un jour donner
la naissance à l'invincible Godefroi de Bouillon,
ce grand restaurateur de son saint nom dans les
pays du Levant.

» Au reste, comme ni la tradition, ni les anciens monumens ne décident rien touchant le lieu
d'où pouvait venir cette Image, je ne m'arrêterai
pas d'avantage à vouloir par de simples conjectures sonder un secret, qu'il semble que le Ciel s'est
voulu réserver; il nous doit suffire de savoir, que
ce don si saint et si précieux est parti de la main
libérale de Dieu, qui a des trésors de grâce et de
miséricorde, qu'il découvre et qu'il distribue, quand
et comme il lui plaît, et qui a voulu sans doute
attirer entièrement ces peuples tout adonnés au
trafic de la mer, en leur envoyant par la voie de
ce même élément, l'instrument et l'organe de ses
plus rares faveurs.

» Ce serait peut-être avec plus de fondement
que l'on avancerait, que cette Image a été faite
par saint Luc, aussi-bien que celle de Lorette, à
qui elle est toute semblable, et en sa grandeur, et
en sa matière, qui est d'une espèce de bois incorruptible; puisque non seulement c'en a été une
créance continuelle descendue jusqu'à nous, par
la tradition, et confirmée, selon quelques-uns, par
des révélations particulières; mais qu'outre cela,

les Démons mêmes , quoi qu'ennemis déclarés de l'honneur de la Mère de Dieu , ont été contraints quelquefois, par la force des exorcismes, de rendre témoignage à cette vérité par la bouche des personnes qu'ils obsédaient. Aussi est-ce une opinion communément reçue, que ce saint Évangéliste, qui avait une grace particulière pour pouvoir représenter au naturel la figure de la sainte Vierge, à laquelle il était très-affectionné, en a fait diverses Images, tant en relief, qu'en peinture, que Dieu a rendues recommandables par un grand nombre de miracles. Outre celle de Lorette taillée en bois l'une des plus renommées par tout le monde, à qui personne ne dispute la gloire d'être sortie des mains d'un si digne ouvrier; l'histoire Ecclésiastique fait une expresse mention d'une autre faite avec le pinceau, qui se voit à Rome, dans l'église de sainte Marie-Majeure. Saint Grégoire le Grand, pendant une peste des plus violentes, qui désolait toute la ville, la fit porter en Procession, et l'on remarqua que l'air corrompu se fendait à son abord, et s'écartait de côté et d'autre, comme pour lui céder la place. »

Bien que la ville de Boulogne, à cause de son importance sous la domination romaine et de ses rapports avec la Grande Bretagne, comme principal port d'embarquement pour cette île, ait été probablement honorée d'un siége épiscopal, dans les premiers siècles de notre ère, l'histoire ne cite aucun texte précis sur la première fondation de l'église de Notre-Dame. Mais, si nous n'avons aucune trace des luttes que le Christianisme eut à soutenir pour triompher des faux-dieux qu'adoraient nos pères, nous savons du moins qu'à Boulogne, comme ailleurs, la croix de JÉSUS-CHRIST fut plantée sur les ruines fumantes de l'idolâtrie vaincue. Les débris du temple romain que nous avons retrouvé, sous la nef de Notre-Dame, nous l'apprennent assez clairement.

Il faut attendre jusqu'au commencement du VIIIᵉ siècle, pour trouver un historien qui nous parle d'une église à Boulogne. Le vénérable Bède, consciencieux annaliste de l'Église d'Angleterre, rapporte qu'en 606, ou environ, il y avait dans notre ville une église, où l'on transporta le corps du premier abbé de Canterbury, dont les reliques y furent longtemps honorées d'un culte solennel. On parle aussi d'un édifice que le roi Clotaire II aurait commencé, sous son règne, et qui n'aurait été achevé qu'après l'arrivée de la Vierge miraculeuse; mais on ne peut rien affirmer à ce sujet. La tradition rapporte qu'au VIIᵉ siècle l'Image sainte fut mise dans une chapelle « couverte de genêts ou de joncs » marins, qui avait bien plus l'air d'une pauvre » église champêtre que d'une église Matrice et » principale de tout un pays. On en voyait autre- » fois la triste figure, dans de vieilles tapisseries » qu'on dit avoir été renouvelées de temps en » temps pourêtreun continuel mémorial de l'anti- » quité. »

L'historien de Notre-Dame, auquel nous empruntons ces lignes, signale un « vieux légendaire » qui dit, « sans pourtant spécifier le temps, qu'ayant » été brûlée par trois diverses fois, » l'église de

Boulogne « s'est vue renaître autant de fois de
» ses propres cendres. » Les fouilles qui ont été
faites, lorsqu'on a ouvert la crypte, sous le sol de
l'église actuelle, n'ont amené la découverte d'aucun reste d'architecture appartenant au style latin
qui a précédé l'époque byzantine ; mais il est
facile de supposer que les édifices qui ont été ainsi
consumés successivement par l'incendie, étaient
construits en bois, comme c'était assez la coutume
avant l'an 1000, même pour des églises cathédrales.

Le grand évêque des Morins, saint Omer, a
célébré les divins mystères et présidé l'office ca-
nonial dans l'église de Notre-Dame de Boulogne.
Ses successeurs, pendant tout le X° siècle, ont résidé
dans notre ville, où ils avaient transféré leur chaire
épiscopale.

Lorsque la famille des comtes de Boulogne, qui
se rattachait par alliance aux descendants de Charlemagne, commença, sous les Eustache, à jouer
un rôle important dans l'histoire de la France et
de l'Angleterre, l'église de Notre-Dame fut l'objet
de la sollicitude de ces princes. Vers l'an 1104, la
bienheureuse comtesse Ide, femme d'Eustache II,
mère d'Eustache III et de Godefroi de Bouillon,
fit rebâtir l'édifice, tel qu'il subsistait encore, en
grande partie, à l'époque de la Révolution française. C'est à la même date que nous reportons la
construction de l'ancienne crypte. On peut voir,
dans la notice que nous avons publiée sur ce monument, les raisons qui nous ont fait adopter cette
opinion.

Nous devons citer ici les noms des villages, hameaux ou fermes, sur lesquels, en l'an 1129, l'église de Notre - Dame étendait son patronage ; car depuis sept cents ans, les fils des anciens donateurs s'empressent de venir honorer la Reine du Ciel, dans son vieux sanctuaire, et d'acquitter en hommages de respect et d'amour la dette de famille contractée par leurs pères. Le chapitre de Notre - Dame possédait alors les autels de Condette, de Hessinguehen (Échinghen), de Questlinguehen (hameau de Baincthun), et les cures de Bellebrune et de Wierre - Effroy. Il avait en outre de nombreuses métairies, terres et portions de dîmes « à Cormont, Frenc, Dannes, Nelles, Maninghen, Wabinghen (Outreau), Hermerengues (hameau d'Isque), Isque, Herclingue (hameau d'Isque), Macquinghen (ham. de Baincthun), Brunembert, Wicardene (hameau de St.-Martin-lès-Boulogne), Odre (ferme de Boulogne), Trelinctun (ham. de Wimille), Odreselle (Audresselles), Sin-Hongrevelt (St.-Inglevert), Godinctun (ham. de Pernes), Waudringhen (Vaudringhen), Odinghen (Audinghen), Lealinghen, Fiennes, Hardentun (ham. de Marquise), » et plusieurs autres endroits moins connus. La plupart de ces donations ont probablement été faites par les comtes, et par les seigneurs les plus importants du pays.

Godefroi de Bouillon, au rapport de l'historien Le Roy, qui a recueilli les traditions de ses devanciers, enrichit l'église de Notre-Dame « de quantité de reliques très-précieuses, qu'il envoya de Syrie et de Palestine, POUR GAGE ET PRÉROGATIVE

» D'AMOUR SINGULIER : » « Ce sont, » ajoute-t-il,
» les termes d'un ancien titre tiré des archives
» de l'Église collégiale de Lens en Artois, qui
» eut aussi part à ce présent, et qui se glorifie
» d'avoir les mêmes comtes de Boulogne, pour
» ses restaurateurs et ses bienfaiteurs. On tient
» même que la couronne d'argent, qui lui fut
» présentée, quand il fut proclamé Roi de Jéru-
» salem, et qu'il refusa de porter, se souvenant
» que le Roi des rois en avait porté une d'épines
» en ce lieu-là même, fit partie de sa libéralité
» envers Notre-Dame de Boulogne. » On conserva jusqu'à la Révolution française une couronne
qu'on disait être celle de Godefroi de Bouillon.

Il y avait alors à travers toute la chrétienté un
grand mouvement de pérégrination. Les croisades,
commencées en 1095 et incessamment continuées
pendant tout le XIIe siècle, avaient répondu à la
tendance générale du peuple chrétien pour ces
pieux voyages vers les saints lieux de l'Europe et
de l'Asie. Les peuples se mêlaient, pour moins se
haïr ; il n'y avait pas de pèlerin qui, suivant l'expression de Chateaubriand, ne revint à son village ou dans sa ville, « avec des préjugés de
moins et quelques idées de plus. »

C'était pour satisfaire à cette ardeur de lointains
voyages qu'avait été érigé en 1131, par un Oilard
de Wimille, le prieuré-hôpital de Sontinghevelt,
mal à propos nommé depuis Saint-Inglevert, et
qu'on établit à Wissant un cimetière spécial pour
la sépulture des Écossais, des Irlandais et autres
pèlerins.

« La dévotion à Nostre-Dame de Boulogne s'est toujours accrue, et la renommée s'en est si fort étendue de tous côtés, qu'elle a attiré les peuples, non seulement des Pays et des Royaumes les plus voisins, mais même des dernières extrémités de la Chrétienté. Molan, nous fournit une grande preuve de ceci, dans son Traité des Saints de Flandres. Il rapporte que, dès l'an 1035, ce Pèlerinage était en si grande réputation par tout le monde, que S. Jor y vint du bout de l'Orient. Il était natif de la grande Arménie, et évêque du Mont-Sina; poussé d'un désir extraordinaire de visiter tous les lieux saints de la Chrétienté, et animé à cela par l'exemple de S. Macaire son frère, Patriarche d'Antioche, qui en avait fait autant, et qui était mort en Flandres durant le cours de son Pèlerinage, il quitta son pays, traversa toute l'Europe, et vint en France, où entr'autres lieux de piété, auxquels il s'arrêta, il visita avec beaucoup de dévotion l'Église de Notre-Dame de Boulogne. Ce fut presque la dernière action de piété qui couronna toutes les autres de sa vie; car, comme il s'en retournait, il mourut à Béthune, dans le baiser du Seigneur, et alla jouir dans le Ciel de la présence de Celle dont il venait d'honorer l'Image sur la terre. La plupart des Annalistes de Flandres nous confirment la même chose, selon les mêmes circonstances, entr'autres Ferry de Locre, lequel parlant de la mort précieuse de cet illustre Pèlerin de l'Orient, dit qu'elle arriva immédiatement après que par un motif général de Religion, et par un engagement particulier de s'ac-

quitter de son vœu, il eut été visiter l'Église de
Notre-Dame de Boulogne, et honorer sa sainte
Image.

» Voilà pour ce qui regarde l'antiquité de notre
Pèlerinage : Or ce que nous avons maintenant à
considérer davantage, c'est sa perpétuelle durée
pendant tous les siècles qui ont suivi son établissement. »

CHAPITRE II.

Le pèlerinage de Notre-Dame de Boulogne,
au XIIIᵉ siècle.

En l'année 1212, suivant le récit d'Ipérius,
abbé de St.-Bertin, « des miracles nombreux,
» à la louange et à la gloire de Jésus-Christ et
» de sa très-glorieuse Mère, se firent dans la
» ville de Boulogne, et y attirèrent un grand con-
» cours de peuple de tous les points du royaume.
» C'est là, ajoute-t-il, l'origine du pèlerinage de
» Notre-Dame de Boulogne, qui subsiste toujours
» depuis lors. »

Nous allons raconter, dans leur ordre chrono-
logique les détails du concours des pèlerins, tels
que nous les trouvons dans les chroniques.

1213. Philippe-Auguste, sur le point de passer
en Angleterre, vint à Boulogne avec une puissante
armée, et y séjourna pendant quelque temps. C'était
dans notre ville qu'il avait fixé le rendez-vous de sa
flotte, composée de dix-sept cents barques, et des

troupes qui venaient de toutes parts se ranger
sous sa bannière, pour se rendre à Gravelines où il
devait rencontrer les trahisons dont il allait se
venger à Bouvines. On ne doute point qu'il
n'ait honoré d'un culte particulier la Vierge dont
la puissance s'était manifestée si visiblement par
les miracles dont parle Ipérius. L'église de Boulogne conserva longtemps de précieux joyaux, dus
à la munificence de ce prince, entre autres, « une
» double croix garnie de plusieurs reliques de divers
» saints et enrichie de quantité de pierreries, et
» une très-belle Image de vermeil doré, avec un
» cœur effigié en or. »

« En l'année 1228, Madame l'illustre comtesse
Jeanne de Flandre, étant venue dans cette église
en pèlerinage, voulant et désirant, après avoir
visité les saintes reliques qui y sont contenues,
participer aux prières et autres bonnes œuvres qui
à présent se font et à perpétuité se feront dans ladite
église, elle a, pour son ame et celle de ses ancêtres,
donné et accordé à cette dite église, pour toujours,
une aumône de rentes, sur lesquelles se prendra
la dépense nécessaire pour le pain et le vin qui
servent à la consécration du Sacrement de l'Autel,
et pour des cierges de cire, destinés à toutes les
messes qui se célébrent dans ladite église et à
perpétuité y seront célébrées, comme plus à
plein est contenu dans les lettres scellées du
sceau de ladite comtesse. »

1233, Février. Simon de Dammartin, comte
d'Aumale et de Ponthieu, et Marie, sa femme,
comtesse de Ponthieu et de Montreuil, déclarent

donner à l'église de Notre-Dame de Boulogne, en perpétuelle aumône, pour le soulagement de leurs âmes et de celles de leurs ancêtres, quarante sous parisis à prendre annuellement sur la vicomté de Rue, au terme de l'Assomption. Cet acte, daté de Boulogne, permet de soupçonner un pèlerinage accompli par Simon et Marie, peut-être en reconnaissance de la grâce que le comte avait obtenue de rentrer en France après seize ans d'exil. Quoi qu'il en soit, Simon, à son lit de mort, laissa encore une autre rente de vingt sous parisis, à prendre au même lieu, pour avoir chaque année, le jour anniversaire de son décès, un service funèbre dans l'église de Boulogne. Sa veuve ratifia cette concession, par un acte expédié en octobre 1239.

Par un testament daté d'août 1248, « Bauduins de Hésèques, cevaliers et sire de Hésèque, » légua « pour Dieu et en aumôsne et pour la sauveté de son âme, à Nottre-Dame à Boulongne, xx sous de parisis. »

L'année 1254 fut une des plus glorieuses pour le pèlerinage de Notre-Dame. Henri III, roi d'Angleterre, revenant de Gascogne, avait traversé la France en grande pompe. Saint Louis avait reçu avec honneur et cordialité son royal visiteur. Henri, de son côté, admirait cette France si belle et si riche, avec ses villes, « les plus populeuses du monde; » et l'état calme et prospère de ce beau royaume lui faisait soupirer sur les malheurs dont l'Angleterre offrait le triste spectacle.

Après les fêtes de la cour, le roi d'Angleterre

retourna par Boulogne, où il arriva peu de jours avant la fête de Noël. Le vent était contraire; aussi le monarque ne pouvant remédier à cet accident, parce que, dit l'historien, la mer et les vents ne lui obéissaient point, fut contraint de demeurer dans notre ville, jusqu'à ce que le temps se fût apaisé. Pendant les loisirs que lui faisait la tempête, il visita l'église de Notre-Dame et honora les saintes reliques dont cette église était alors abondamment enrichie.

La dévastation de nos archives ne nous permet pas de trouver dans l'histoire de notre Église, les documents qui seraient nécessaires pour retracer dans tout son éclat le tableau des gloires de Notre-Dame au XIIIe siècle. Toutefois, les documents généraux qui concernent l'histoire de France nous fournissent de beaux témoignages en faveur de la réputation qu'avait acquise notre pèlerinage.

L'histoire des miracles de saint Louis, par le confesseur de la reine Marguerite, rapporte qu'en 1275, on conseillait à Fr. Jehan de Leigni, de l'ordre des FF. mineurs du diocèse de Paris, qu'il se vouât à Notre-Dame de Boulogne sur la mer, pour obtenir la guérison d'une maladie qu'il éprouvait. En 1277, une femme de 28 ans, nommée Emmeline ou Emmelot de Chaumont, ayant recouvré la santé devant le tombeau de saint Louis dit qu'elle voulait aller en pèlerinage et visiter par reconnaissance l'église de Notre-Dame de Boulogne sur la mer, et ainsi continue l'auteur en son vieux langage, elle se départit de la ville Saint-Denis, et fut une pièce de temps passé

avant que ladite Emmelot revint. En 1282
Robert du Puis, de la ville de Grooley, (village
voisin de Montmorency) , guéri, comme la précédente, au tombeau de saint Louis, se rendit avec
Guillot du Puis, son frère à Notre - Dame de Boulogne sur la mer, et revint par Saint-Eloi de Noyon
et d'autres saints lieux de pèlerinage.

On conçoit que le narrateur des miracles de
saint Louis ne pouvait parler qu'incidemment
des miracles de Notre-Dame de Boulogne : aussi,
ne citons-nous ces faits que comme preuves de
l'affluence des pèlerins. Dieu dispense ses dons
comme il lui plaît : tel qui n'a pas obtenu sa guérison au tombeau de saint Louis, l'obtient à Notre-
Dame de Boulogne, ou ailleurs; et tel qui n'a rien
obtenu à Notre-Dame de Boulogne, trouve dans un
autre sanctuaire le prix de sa persévérante prière.
C'est ce qui est arrivé pour Nichole de Lalaing ,
originaire du comté de Hainaut, diocèse d'Arras,
qui alla à Notre - Dame de Boulogne en pèlerinage,
et rien ne lui profita à cette maladie; aussi bien
que pour Richard Laban, de Lerni, du diocèse
de Soissons, précédemment forestier du roi en
la forêt de Rouen.

Cinq mentions du pèlerinage de Notre-Dame de
Boulogne dans l'histoire des miracles de saint
Louis, entre 1275 et 1282, démontrent bien évi-
demment quelle était en France la renommée de
cette Vierge de la mer dont les faveurs sont inépui-
sables. Si déjà, dans les humbles villages du Hainaut,
et de l'Ile de France, Notre-Dame de Boulogne
était connue du bon peuple chrétien qui bénissait

sa main secourable, ne devons-nous pas croire que sa bénigne influence s'étendait plus merveilleusement encore sur les populations groupées, pour ainsi dire, autour du sanctuaire béni ?

A la fin de ce XIIIe siècle si riche de foi, de piété et de bons exemples, mais exposé, comme les autres époques, aux séductions du mal, nous trouvons, à côté de grands crimes, de grandes réparations ; et le pèlerinage de Notre-Dame de Boulogne a été plusieurs fois imposé comme pénitence à des criminels par la justice de ce temps. Le premier fait que les annales judiciaires nous permettent de citer, appartient à la Flandre. En 1281, le prévôt et les échevins et la commune de Courtrai, (on voit que c'était une expédition populaire en règle et quasi officielle), se portèrent, nous ne savons pour quel motif, sur une maison qui appartenait à la collégiale de St-Pierre de Lille, et y mirent le feu. Les chanoines de St-Pierre, s'en plaignirent à la cour du Comte de Flandre et obtinrent justice de cet attentat. On condamna douze personnes de la commune de Courtrai à aller en pèlerinage à Notre-Dame à Boulogne, pour acquitter, par cet acte de dévotion, l'amende pécuniaire exigée, en pareil cas, par la justice seigneuriale, (16 novembre 1282).

C'était un spectacle bien digne de la religion que celui de voir ces pèlerins, venant payer à Dieu et à la divine Vierge le tribut d'expiation que la justice humaine impose au coupable.

CHAPITRE III.

*Vœu de Philippe-le-Bel, à la bataille de Mons-en-
Puelle, 1304 ; mariage d'Edouard II roi d'Angleterre, avec Isabelle de France, 1308.*

Le XIVᵉ siècle venait de commencer, sous les
auspices d'un roi en qui ne devaient pas revivre
toutes les vertus de saint Louis. Philippe-le-Bel,
par des guerres injustes, une administration im-
populaire, des attentats inouis contre l'Église et
son chef, a laissé une réputation douteuse et de
tristes souvenirs. Son règne cependant est un des
plus glorieux pour l'histoire de Notre-Dame de
Boulogne.

On sait que, pendant cette funeste guerre
de Flandre, qui ensanglanta les plaines du Nord
durant l'espace de tant d'années, les armes de la
France ne furent pas toujours heureuses ; mais ce
que l'on sait moins, c'est qu'à la célèbre bataille
de Mons-en-Puelle, gagnée par les Français le 18
août 1304, Philippe-le-Bel fut redevable de la
vie à la protection de Notre-Dame de Boulogne.
» Le roi, dit M. Edward Le Glay, combattait
» valeureusement. Une troupe compacte de Fla-
» mands arriva jusqu'au monarque par une charge
» terrible, blessa son cheval et le précipita lui-
» même à terre. Ses écuyers, malgré le poids de
» son corps et de son armure, le relevèrent pour
» le monter sur un de leurs chevaux. Philippe se

» remettait en selle, et les deux braves écuyers
» tenaient encore le frein du destrier royal, lors-
» qu'une seconde colonne, fondant avec rage, les
» écrase à l'instant. Quant au roi, étourdi de sa
» chute et du fracas dont il était entouré, il ne
» pouvait manier sa nouvelle monture, qui, vigou-
» reuse et fringante, se cabrait dans la mêlée. Il
» allait infailliblement périr; mais, *par un hasard*
» *providentiel*, un soudoyer flamand blesse le roi
» et son cheval avec une longue pique. L'animal
» sentant l'aiguillon se dresse, puis d'un bond fend
» la presse, et entraîne son cavalier malgré lui à
» la suite d'autres chevaux. » Le hasard providentiel, dont parle l'historien des comtes de Flandre,
c'était la Vierge de Boulogne qui l'envoyait : Un
chroniqueur contemporain, longtemps resté manuscrit et ignoré, va nous l'apprendre. «En ce meisme
» retour de la bataille », vers la Saint-Michel, « vint
» le roy en pellerinaige en l'église Nostre-Dame de
» Boulloingne, *qu'il avoit réclamée à son grand*
» *besoing*, et s'acquitta gracieusement de son
» offrande ;...... et puis il y a fait moult d'autres
» biens. »

Ce dut être un bel et touchant spectacle pour
les cœurs français, de voir ce roi victorieux,
agenouillé dans le sanctuaire de Notre-Dame,
devant la miraculeuse Image de celle qui lui avait
conservé la vie et la couronne, « en son grand
besoing. » Avec quelle pieuse libéralité ne s'em-
pressa-t-il point de lui en témoigner sa reconnaissance ? Antoine Le Roy nous apprend que Philippe-
le-Bel offrit « un beau reliquaire de vermeil doré,

» où d'un côté était un crucifix et de l'autre un
» beau cristal, contenant quelques parcelles de la
» vraie Croix, enchâssé dans un émail d'or, le tout
» enrichi des armes de France et de Navarre. »

On a jusqu'ici rattaché les bienfaits de Philippe-le-Bel à un événement qui n'a qu'un rapport secondaire avec le pèlerinage de Notre-Dame ; nous voulons dire le mariage d'Isabelle de France avec Édouard II, roi d'Angleterre. Comme cette magnifique cérémonie s'est accomplie dans notre église, il est juste que nous en rapportions quelques détails : « jamais mariage ne fut célébré d'une manière plus pompeuse ; et jamais église ne se vit remplie à la fois de tant de rois et de princes. »

On était au mois de janvier de l'an 1308 : une animation extraordinaire régnait dans la ville de Boulogne. Les messagers de la cour de France et les courriers des grands seigneurs s'y rendaient en hâte, afin d'organiser les préparatifs du mariage, conclu entre Isabelle, la fille de leur gracieux souverain, et le jeune monarque qui venait de s'asseoir sur le trône de Guillaume-le-Conquérant. De l'autre côté du détroit arrivaient aussi en grand nombre les gens de la maison d'Édouard II, avec un chargement de meubles splendides et tout ce qui était nécessaire pour dresser confortablement et avec élégance les tentes de leur maître.

La royale fiancée d'Édouard, accompagnée d'une escorte magnifique, dans laquelle figuraient les représentants des plus nobles familles de France, fut amenée à Boulogne en grande pompe, attirant tous les regards par l'éclat de sa beauté et la

délicate fraîcheur de ses douze printemps. Avec elle,
étaient le roi de France, son père, les deux frères
du roi, Charles de France, comte de Valois, et Louis
de France, comte d'Évreux ; les trois fils du roi,
Louis-le-Hutin, déjà investi du titre de roi de Navarre, Philippe et Charles, qui tous trois devaient
successivement monter sur le trône de leur père,
et, par un juste châtiment du Ciel, voir s'éteindre
en leurs personnes la postérité directe de saint
Louis. L'histoire cite encore, à côté de ces noms
illustres, le duc de Bretagne, Arthur II, Jean II,
duc de Brabant, Hugues V, duc de Bourgogne,
Robert III, comte de Flandre, Guillaume-le-Bon,
comte de Hainaut, et Jean II, comte de Dreux,
sans compter une foule de personnages moins importants. Suivant l'hyperbole du chroniqueur toute
la noblesse de France y était réunie.

Le roi d'Angleterre partit du port de Douvres,
le lundi 22 janvier, de grand matin, conduit par
les mariniers John Spyte de Romenee et William
de Baggelytel, et dut arriver à Boulogne le
même jour. Parmi les nobles personnes qui l'ac-
compagnèrent, nous remarquons la sœur de Philippe-le-Bel, Marguerite de France, reine d'Angleterre, veuve d'Édouard I, Hugues le Despenser,
John de Warennes, comte de Surrey, et Adomar
de Valentia, comte de Pembroke.

Nous ne savons jusqu'à quel point on doit ajouter
foi au récit de Thomas Walsingham, historien
anglais du XVe siècle, qui nomme, parmi les
assistants, Henri de Luxembourg, roi des Romains,
et Charles d'Anjou, roi de Sicile, aussi bien que

Marie, reine de France, veuve de Philippe-le-
Hardi, et Marguerite de Bourgogne, femme du
jeune roi de Navarre; ce qui ferait un total de
cinq rois et quatre reines.

Le mariage fut célébré le jeudi suivant, 25 janvier, fête de la conversion de saint Paul, dans
l'église de Notre-Dame de Boulogne, en présence
de cette brillante assemblée. Les deux monarques
restèrent encore quelques jours dans notre ville, où
le roi d'Angleterre fit personnellement au roi de
France, en présence du comte de Dreux, l'hommage qu'il lui devait pour la Guienne et le Ponthieu,
conformément aux conclusions et accord du traité
de Montreuil. Peu de jours après, Édouard II,
accompagné de ses favoris, et la jeune reine escortée
de ses dames d'honneur, abordaient au port de
Douvres; mais, malgré les joies de ces fêtes, ces
jours d'allégresse devaient malheureusement être
suivis de tristes retours : la barque qui portait
Isabelle en Angleterre ne renfermait point le bonheur de ce pays ni celui de la France.

Un lieu de pèlerinage aussi célèbre que l'était
l'église de Notre-Dame de Boulogne, donna sans
doute à quelques-uns des assistants l'occasion de
satisfaire leur piété. Le Roy nous apprend, que
« plusieurs de cette illustre compagnie firent des
« présens et des offrandes » à la Vierge vénérée;
il cite nommément la reine de Navarre, Marguerite
de Bourgogne, femme de Louis-le-Hutin, qui lui
offrit un « chef d'argent couronné à la façon de
Reine. » Au reste, le retentissement que dut
avoir par tout le royaume le fait que nous venons

de raconter, suffisait à faire connaître de plus en plus le sanctuaire où s'opéraient tant de merveilles.

La renommée en était parvenue jusqu'à la cour Pontificale d'Avignon. En effet, lorsque le trop complaisant ministre des attentats de Philippe-le-Bel contre le vénérable Pontife Boniface VIII, Guillaume de Nogaret se présenta devant Clément V, pour être absous de ses crimes, le pape lui enjoignit comme pénitence, de faire personnellement les pèlerinages de Notre-Dame de Vauvert, de Roc-Amadour, du Puy, *de Boulogne-sur-mer* et de Chartres; la visite des églises de Saint-Eloi (de Noyon), et de Montmayor, et enfin le voyage de Saint-Jacques de Compostelle.

Nogaret mourut avant d'avoir accompli les conditions de son pardon; mais nous n'en devons pas moins noter l'acte pontifical qui a donné à notre pèlerinage la solennelle reconnaissance du Chef de l'Église, (27 avril 1311).

CHAPITRE IV.

De l'église et chapelle de Notre-Dame de Boulogne-sur-Seine, bâtie et fondée par les Pèlerins de Notre-Dame de Boulogne-sur-mer.

« Ne nous étonnons pas, dit un trop célèbre écrivain, si nos aïeux aimèrent tant les pèlerinages, s'ils attribuèrent à la visite des lointains sanctuaires une vertu de régénération. Qui n'aimerait à pouvoir ainsi mettre une pierre sur la route du temps, trouver un point d'arrêt dans sa vie, entre les regrets du passé et les espérances d'un meilleur, d'un moins regrettable avenir? N'est-ce donc pas quelque chose d'échapper à l'influence des lieux, des habitudes, de se dépayser, de s'orienter à une vie nouvelle? » Pétrarque a chanté « le vieillard, tout blanc et chenu, qui se sépare des lieux où il a fourni sa carrière, et de sa famille alarmée qui se voit privée d'un père chéri. » — « Vieux, faible et sans haleine, il se traîne comme il peut, s'aidant de bon vouloir, tout rompu qu'il est par les ans, par la fatigue du chemin.» — « Puis il se remet en marche vers la patrie, vers le tombeau natal, mais avec moins de regret, et d'avance tout consolé de mourir. »

La piété des habitants de Paris envers Notre-Dame de Boulogne était, au commencement du XIVᵉ siècle, portée à un point qu'on pourrait appeler extraordinaire. « Ils avaient, dit Antoine Le Roy, une merveilleuse dévotion à cette glorieuse Vierge, et tous les ans régulièrement ils faisaient le voyage de Boulogne, pour lui rendre leurs vœux devant sa sainte Image. Mais, venant à faire réflexion que cette pieuse coutume pourrait à la fin être interrompue, ou par les accidens de la guerre, ou par la nécessité de leurs affaires domestiques, qui ne leur permettaient pas de réitérer si souvent un si long pèlerinage, ils s'avisèrent par une précaution également sage et religieuse, d'établir dans leur voisinage, un nouveau lieu de dévotion, pour servir d'un heureux supplément au premier.

« Ce fut en l'an 1320, que se fit cet établissement dans le village de Menus, proche de Saint-
Cloud, qui en a retenu depuis ce temps-là le nom
de Boulogne, ainsi que le bois qui en est tout voisin. Ce village, qui n'est distant de Paris que d'environ deux lieues, parut à ces dévots fondateurs,
un endroit fort commode et fort propre pour être
le terme d'un pèlerinage racourci : la situation
leur en plut même assez, en ce que la Seine, sur
le bord de laquelle il est situé, leur représentait,
comme en petit, ce bras de l'Océan qui arrose le
rivage de l'ancienne Boulogne, où ils avaient été
tant de fois révérer l'Image de l'illustre Patronne
de ce lieu.

» Au reste, ils ne voulurent point entreprendre
cette fondation sans la participation de Philippe-
le-Long, roi de France et de Navarre, à qui cette
ferveur de ses sujets envers Notre-Dame de Boulogne fut d'autant plus agréable, que lui-même se
souvenait de l'avoir honorée dans son église de
Boulogne, lorsqu'il y vint avec le roi son père et
toute la famille royale, au sujet de ce fameux mariage, dont il a été parlé dans le chapitre précédent.
Il leur accorda donc très-volontiers la permission
qu'ils lui demandaient, et leur en fit expédier des
lettres fort authentiques, où il témoigne, entre autres
choses, qu'il est bien aise de contenter, en ce point,
les pieux désirs de plusieurs notables citoyens de
Paris, qui avaient accoutumé d'aller tous les ans à
Notre-Dame de Boulogne-sur-mer, et qui en ayant
goûté la dévotion, la voulaient conserver, par l'établissement d'une Confrérie, et par l'érection d'une

1 *

église, à la gloire de Dieu et de la très-sainte Vierge.

Une modeste chapelle en bois avait été érigée sur l'emplacement qu'on avait choisi, afin qu'on pût sans retard y célébrer les saints Mystères; et, aussitôt que Jeanne de Repenti, abbesse de Montmartre, eut donné l'autorisation nécessaire, la première pierre de l'édifice fut posée solennellement « par » Philippe le Long, accompagné de Philippe de » Valois, son cousin, et d'un grand nombre de » seigneurs. »

» Les trois truelles à manche d'argent et parse-» mées de fleurs de lys, qui servirent à la cérémonie, » furent précieusement renfermées dans la tréso-» rerie de l'église; et deux s'y trouvaient encore » le 23 août 1783, ainsi que le constate un inven-» taire de la même année. Elles ont disparu en 1793. »

L'église de Boulogne-sur-Seine ne fut pas long-temps à bâtir. Le village de Menus, qui dépendait de la paroisse d'Auteuil, en fut séparé canoniquement le premier dimanche de juillet 1330, et la nouvelle église fut bénite le même jour, avec le cimetière et les fonts baptismaux.

» Cette nouvelle église, dit A. Le Roy, ayant été ainsi érigée, pour servir d'un éternel monument à notre ancien et célèbre pèlerinage, les Papes, les rois, et une infinité d'autres personnes de marque, ont pris à tâche de la combler de grâces, de priviléges et de bienfaits. »

Une inscription, qui subsiste encore dans l'église de Boulogne-sur-Seine, nous apprend que l'on y possédait un morceau de la vénérable image de

Notre-Dame de Boulogne-sur-mer. Cette relique ,
qui a disparu dans la tourmente révolutionnaire ,
était « sous la protection du roi , comme celle du
» trésor de la Sainte-Chapelle ; » elle ne pouvait
sortir de l'église que « par arrêt de la chambre des
» Comptes, comme appartenant originairement au
» roi , qui a permis qu'on la portât une fois par an,
» sous un dais, et pieds nus , avec flambeaux et
» encens , à l'abbaye de l'Humilité de la Sainte
» Vierge, bâtie par Sainte Elisabelle, et dite Notre-
» Dame de Longchamps. » C'était plus d'honneurs
qu'on n'en rendait à l'Image miraculeuse elle-
même , dans son sanctuaire de Boulogne-sur-mer.

CHAPITRE V.

Pélerinage du roi de France, accompagné des princes
royaux d'Angleterre en 1360 ; — le maréchal Bou-
cicaut, en 1390 ; — Hôpitaux fondés pour les pèle-
rins ; médailles de Notre-Dame.

Personne n'ignore les calamités qui fondirent
sur le royaume de France , après la bataille de
Poitiers et durant la captivité du roi Jean , malgré
les efforts généreux du dauphin Charles , son
fils. Au mois d'octobre de l'an 1360 , le sage
dauphin arrivait à Boulogne, pour y attendre le retour de son père et hâter la conclusion de la paix
entre la France et l'Angleterre.

Dans les circonstances solennelles, qui décident,
en quelque sorte, de la vie des peuples , les rois
chrétiens se font un devoir de recourir à la protec-

tion du Ciel : ils savent qu'ils ne sont qu'un instrument aux mains de la Providence, et que c'est Dieu qui tient les rênes des empires. Aussi, voyons-nous les princes de la maison de France témoigner hautement leur foi et leur piété envers l'auteur de toutes choses et la glorieuse Vierge, Mère de Dieu, honorée dans l'église de Boulogne. Des lettres, expédiées à cette date par le dauphin, nous apprennent quelles furent ses occupations, pendant son séjour dans notre ville.

Bien que sa démarche ait été motivée principalement par la prochaine délivrance du roi son père, Charles, « duc de Normandie, dauphin de Vienne, » régent du royaume » atteste devant tous « pré» sents et à venir » que la dévotion l'a conduit au sanctuaire de Boulogne. Il rend ensuite à Marie ce beau témoignage que « par elle Dieu » opère de nombreux miracles à sa louange dans » toutes les parties du monde, mais principale» ment dans le royaume de France, et, entre » autres lieux, à Boulogne-sur-mer, dans l'église » qui y est dédiée en son honneur, et *où se rend* » *à cause de cela, en grande affluence, le* » *concours incessant de tous les peuples.* »

Touché du désir de laisser à la divine Vierge un gage de sa piété et une preuve de sa munificence, il s'informa diligemment de tout ce qui se faisait dans l'église de Boulogne pour l'office divin, et, en particulier, pour la célébration quotidienne du Saint Sacrifice. Le rapport qui lui fut adressé à ce sujet lui signala une lacune à combler : dans l'endroit même où était érigée la statue de la

glorieuse Vierge, et où se faisaient chaque jour
d'innombrables miracles, il n'y avait pas d'autel
spécial, soit à défaut de fondateur, soit à cause
de la pauvreté du lieu. Ce prince en ressentit une
grande joie, pensant, ajoute-t-il, que la Providence
lui avait réservé l'honneur de cette fondation,
« afin qu'un lieu où se faisaient tant et de si grands
» miracles, à la louange de la glorieuse Vierge,
» fut doté par la munificence d'un roi. »

Le dauphin s'empressa de réaliser le vœu de sa
piété. Il voulut assister lui-même à la consécration
de cet autel, qui fut faite par Jean de Craon,
archevêque de Reims, en présence des fils du
roi, Louis, duc d'Anjou, Jean, duc de Berry, et
Philippe, dit le Hardi, tige des derniers ducs de
Bourgogne. Il s'occupa ensuite de régler l'ordre
de l'office divin, que l'on devait célébrer à perpétuité devant l'autel royal dont il dotait l'église de
Notre-Dame.

« Bientôt après, le Ciel se rendit propice à
des vœux si justes et si fervents. Dieu, qui tient les
cœurs des rois entre ses mains pour les tourner
et les fléchir comme il veut, rendit celui du roi
d'Angleterre plus traitable en faveur de son prisonnier, et l'obligea à se relâcher sur beaucoup de
conditions iniques, que la France n'était pas du
tout en pouvoir d'accepter. De sorte que tous les
obstacles, qui s'opposaient au retour du roi étant
levés et toutes les difficultés étant aplanies, cet
illustre captif fut remis en liberté. Il partit de
Galais, qui était alors sous la domination Anglaise,
le 25 Octobre 1360, et s'en vint à Boulogne.

Froissart rapporte qu'il fit ce voyage à pied par
dévotion, et qu'il arriva dans cet humble équipage, à la façon d'un Pèlerin, dans l'église de Notre-
Dame de Boulogne, où il s'acquitta de son vœu
avec beaucoup, de respect. »

Le roi Jean fut accompagné dans son pèlerinage par les fils du roi d'Angleterre. Le célèbre vainqueur de Poitiers, avec ses deux frères,
Lionel, duc de Clarence, et Edmund, comte de
Cambridge, plus tard duc d'York, s'acheminaient
pieusement vers notre ville, « tout à pied, » durant
l'espace des huit lieues qui séparent Calais de
Boulogne. Il serait difficile de trouver un plus
remarquable témoignage de la vénération que les
souverains des deux royaumes professaient pour le
sanctuaire où s'étaient accomplis tant de miracles.
« L'Angleterre, comme le fait remarquer Antoine
Le Roy, était trop voisine de la France pour
ignorer ces grandes merveilles : c'étaient des
choses qui se passaient, pour ainsi dire, sous ses
yeux. »

1382-1393. — Pendant le cours des longues
négociations, commencées entre la France et
l'Angleterre, en 1382, pour aboutir à la paix de
Leulinghen, en 1393, la ville de Boulogne fut le
rendez-vous des hommes les plus célèbres du temps.
Il n'est point douteux que le sanctuaire de Notre-
Dame n'ait été honoré de pieuses visites par les
princes du sang royal, les archevêques, les évêques,
les comtes et les chevaliers du royaume, qui sont
venus successivement tenter la réconciliation entre

les deux puissances rivales. Si les historiens de cette époque, ont gardé le silence sur la piété des négociateurs, envers cette douce vierge, à qui l'on demandait de « rétablir la paix et l'union entre les royaumes de Gaule et d'Albion, » du moins ils nous ont montré la chevalerie française, venant déposer, aux pieds de la patronne de Boulogne, le prix de l'honneur et de la vaillance.

Je ne sais s'il y a, dans l'histoire de notre pays, une page plus belle que le récit du tournois de Saint-Inglevert, où trois chevaliers français, Jean le Meingre de Boucicaut, Renaud de Roye et le sire de Sempy, eurent la gloire de tenir tête, pendant trente jours, à tous les chevaliers d'Angleterre, de Hainaut et de Lorraine, qui se présentèrent pour joûter ou combattre avec eux. Boucicaut avait fait savoir sa résolution « à tous les princes, chevaliers et écuyers; » il l'avait fait proclamer et « crier en plusieurs royaumes et » pays chrétiens, en Angleterre, en Espagne, » en Arragon, en Allemagne, en Italie et » ailleurs. » L'entreprise était si belle et le succès couronna si heureusement l'audace, que « à toujours mais en devra être parlé, » dit la chronique. Ces trois chevaliers français, après avoir noblement soutenu la lutte et mis en défaut les meilleures lances d'Angleterre, se montrèrent aussi pieux qu'ils avaient été braves. Jean-Juvénal des Ursins, archevêque de Reims, nous apprend, dans sa chronique, qu'ils vinrent présenter, à la suite de leur victoire, « leurs chevaux et harnois en l'église de Notre-Dame de Boulogne. » Ceci se passait en 1390.

Les anciens inventaires du Trésor de Notre-Dame mentionnent une offrande spéciale du maréchal Boucicaut : c'était « un fermail d'or, en forme de » sautoir au milieu duquel étoit un éléphant » portant un château, le tout enrichi de perles et » de pierreries. » Un autre « fermail d'or en façon » d'épine, tout parsemé de perles, au milieu » duquel paraissait un oiseau de proie, tenant dans » ses serres un gros rubis, » était, comme nous l'apprend Antoine Le Roy, « un présent d'un seigneur de Sempy, » peut-être le compagnon de Boucicaut dans ses exploits de Saint-Inglevert.

Dans nos temps modernes, avec la rapidité et la sécurité des communications, les pèlerinages les plus lointains n'offrent, pour ainsi dire, aucune difficulté : on fait aujourd'hui le tour du monde plus facilement qu'un pèlerin du moyen âge n'allait de Boulogne à Jérusalem, ou à Compostelle. C'était une expédition hardie et périlleuse que celle d'aller accomplir un vœu dans un sanctuaire éloigné ; de traverser des provinces, souvent ennemies, sans avoir d'autre abri, le soir, que la voûte du ciel, ou l'hospitalité douteuse d'une famille étrangère ; de cheminer, sous la seule protection de sa foi, le bourdon à la main et la panetière à la ceinture, vivant d'aumônes, et buvant dans la coquille sainte l'eau du torrent, ou de la fontaine solitaire.

Heureusement la charité chrétienne, à qui rien n'échappe, avait pourvu aux besoins des voyageurs. « Ils inspiraient un si grand intérêt, qu'on vit s'établir pour leur utilité, des chevaliers qui les

escortaient ; des religieux qui leur donnaient
l'hospitalité et même, des dames de haut parage
qui leur accordaient un gracieux accueil dans les
châteaux. »

Outre l'hôpital de Sainte-Catherine , érigé dans
la ville de Boulogne, au commencement du XIIIe
siècle , pour le soulagement des pauvres , des
malades et des pèlerins , il y en avait un autre, au
XIVe siècle, « à une lieue et demie de Boulogne ,
» proche le grand chemin d'Audisque, en la
» paroisse de Saint - Étienne , où l'on recevait
» les pèlerins qui allaient en cette ville, et
» particulièrement les femmes enceintes que la
» nécessité de faire leurs couches surprenait en
» chemin. »

A la même époque , « quelques vertueuses filles
» d'Abbeville voyant la grande dévotion qui
» était pour lors de visiter l'Image miraculeuse
» de Notre - Dame de Boulogne sur la mer, et
» que quantité de personnes passaient par Abbe-
» ville pour faire ce pèlerinage : ces bonnes filles
» donnèrent leurs biens pour bâtir un Hôpital
» en l'honneur de Notre-Dame de Boulogne,
» afin que les pèlerins, pauvres et riches , fussent
» soulagés durant leur voyage.

» Il y avait autrefois des Frères Hospitaliers en
» cet Hôpital, destinés pour y recevoir ceux qui
» allaient par dévotion demander quelque grâce
» ou guérison à Notre-Dame de Boulogne, qui y
» étaient reçus avec grande charité ; et ces
» Frères Hospitaliers avaient la permission d'y
» chanter l'office divin. »

Ces établissemens d'Hôpitaux et de lieux de retraite pour les pauvres infirmes et les étrangers, qui venaient en pèlerinage à Boulogne, montrent que cette dévotion étoit anciennement fort célèbre et fort renommée dans le monde.

Les pèlerins de Notre-Dame de Boulogne, quand ils venaient prier la Sainte-Vierge de leur être favorable, ne négligeaient pas d'emporter avec eux des souvenirs qu'ils pussent conserver au foyer domestique, pour rester toujours sous la protection de Marie. Nous voulons parler des médailles, sur lesquelles était représentée l'image de leur divine protectrice. « On en fabriquait de toutes sortes de métaux, mais particulièrement d'or et d'argent ; et il s'en débitait une telle quantité dans la ville, que la plupart des orfèvres et autres ouvriers n'étaient occupés qu'à ce travail. Plusieurs de ces médailles se sont sauvées du naufrage des temps ; et il s'en voyait encore, dit Antoine Le Roy, en beaucoup de lieux de Flandres et d'Artois, surtout en la ville de Saint-Omer, laquelle étant la plus voisine de Boulogne, avait avec elle un commerce plus particulier de religion. »

CHAPITRE VI.

Vœu de Louis XI: inféodation du comté de Boulogne entre les mains de Notre-Dame.

Après que le vaillant duc de Bourgogne, Charles-le-Téméraire, eût été vaincu et tué sous les murs de Nancy, Louis XI s'empressa de mettre la main sur la plus grande partie de son héritage. En peu de jours il se rendit maître de la Picardie et de l'Artois : Abbeville, Péronne, Arras lui ouvrirent successivement leurs portes. Boulogne, qui était alors une ville « merveilleuse-
» ment forte de murailles et de fossés couverts,
» fut sommée, et le château pareillement, de faire
» obéissance au roi, à quoi ne voulurent entendre
» les capitaines et habitants d'icelle. Le roi y
» fit mettre le siège et affûter son artillerie,
» tellement qu'ils lui rendirent tant la ville que le
» château. Le roi y entra (le 20 avril 1477),
» et déclara que bien que la ville de Boulon-
» gne fût appartenant à messire Bertrand de la
» Tour, comte d'Auvergne, toutefois il la vou-
» lait avoir en ses mains, pour la sûreté du
» royaume, en rendant audit seigneur de la
» Tour suffisante récompense. »
» Dès que Louis fut entré dans Boulogne, dit l'historien Le Roy, il appliqua ses premiers soins à remercier Dieu de ce qu'il avait béni ses armes, non seulement dans cette dernière occasion, mais

encore en de plus importantes. C'est pourquoi il
ordonna qu'on dirait tous les jours à perpétuité deux
messes, l'une à l'honneur de cette Vierge, devant
son Image, dans son église et abbaye de Boulogne ;
l'autre à l'honneur de saint Martin, dans l'église
paroissiale de son nom, qui était hors des murs
de la ville, et qui dépendait de cette abbaye. Il
fonda, outre cela, cinq messes hautes, aux cinq
fêtes de la Sainte-Vierge, et deux autres aux deux
fêtes que l'Église célèbre tous les ans en l'honneur
de saint Martin. Ces fondations étaient grandes
et la dot en fut aussi très - considérable. Car il
céda à cet effet, et amortit au profit des Abbé et
religieux de Notre-Dame, la terre et châtellenie de
Brunemberg avec toutes ses dépendances, dont
Renault de Girème, chevalier et chambellan du
roi, avait alors l'usufruit.

Louis XI appréciait mieux que personne l'importance de sa nouvelle conquête.—Aussi préféra-
t-il d'y régner seul et donna au comte d'Auvergne
le comté de Lauraguais, en échange de celui de
Boulogne, (janvier 1478).

Aussitôt que Louis XI eut ainsi réuni le Boulonnais aux domaines de la couronne, il résolut de
s'affranchir de la suzeraineté du comté d'Artois,
dans la crainte que Marie de Bourgogne ou ses
héritiers ne réclamassent un jour contre l'envahis-
sement de leurs droits. Ce motif politique, joint à
la dévotion qu'il professait pour la Sainte-Vierge,
le détermina à transporter, de son autorité royale,
l'hommage du comté de Boulogne à l'Image de
Notre - Dame.

« La dite comté de Boulongne, dit Molinet ,
» était paravant tenue en fief de la comté d'Ar-
» tois; mais le roi, à cette heure, s'en fit nouvel
» seigneur, et en fit hommage, deschaint et à
» genoux, à la glorieuse Vierge Marie, en l'église
» d'icelle, présent l'abbé, les religieux, mayeur,
» échevins et habitants; et donna, pour avoir ce
» droit, devant l'Image de ladite Vierge, un cœur
» de fin or, pesant deux mille écus; et ordonna
» que tous ses successeurs rois de France tien-
» draient d'ores - en - avant ladite comté de la
» Vierge Marie, et feraient oblation pareillement ».

Nous ne saurions dire si cette consécration du
comté à Notre - Dame de Boulogne ne fut point
faite, en 1477, lorsque le roi entra pour la première fois dans la ville. Toujours est-il qu'il en
accomplit solennellement la cérémonie, au commencement du mois d'avril de l'an 1478, dans un
voyage qu'il fit à Boulogne, pour prendre possession réelle et actuelle du comté, ainsi qu'il nous
l'apprend lui-même.

Nous devons citer ici les lettres patentes, par
lesquelles Louis XI fait don à l'église de Boulogne
« du droit, titre, fief et hommage du comté de
Boulogne :

« LOYS PAR LA GRACE DE DIEU, ROY DE
» FRANCE; savoir faisons à tous présens et advenir,
   » Pour la grande et singulière dévotion que
» nous avons à la glorieuse Vierge Marie, Mère de
» Dieu notre créateur, et à son église collégialle
» fondée en la dite ville de Boulongne, *en laquelle,*
» *par l'intercession de ladite Dame, se font*

2

» *chascun jour de beaux et grands miracles* ;

» Désirant de tout notre cœur, en reconnois-
» sance de ce, révérer, eslever, augmenter en
» honneurs, prérogatives et dignité ladite église de
» Notre-Dame de Boulongne, et afin que Nous et
» nosdits successeurs soyons d'ores en avant parti-
» cipans aux prières et oraisons et bienfaits qui
» se font et se feront en ladite église, et que les
» religieux, abbé et couvent d'icelle église soient
» plus tenus et astraints de prier Dieu et sadite Mère
» pour la santé et la prospérité de Nous et de
» nos successeurs,

» Nous avons, et de notre certaine science,
» propre mouvement, grâce espéciale, pleine puis-
» sance et auctorité royale, donné, cédé, trans-
» porté et délaissé, donnons, cédons, transportons
« et délaissons, à ladite Dame révérée en ladite
« église de Boulongne, le droit et titre de fief et
« hommage de ladite comté de Boulongne, qui
» nous compétoit et appartenoit pour raison et à
» cause de notre comté d'Artois,

» Lequel fief et hommage de ladite comté de
» Boulongne Nous et nosdits successeurs Rois de
» France et comtes d'icelle comté seront tenus de
» faire d'ores en avant perpétuellement, quand le
» cas y écherra de rendre ledit hommage, devant
» l'image de ladite Dame en ladite église, ès mains
» de l'abbé d'icelle église, comme procureur,
» abbé et administrateur de son église, et de payer
» les reliefs, tiers de chamberlage, et autres
» droits seigneuriaux pour ce deubs à muance de
» vassal; et outre, pour l'honneur et révérence de

» ladite Dame, Nous et nosdits successeurs seront
» tenus, en faisant ledit hommage, d'offrir et
» présenter devant ladite Dame notre cœur en
» espèce et figure de métail d'or fin, de la pesan-
» teur de treize marcs d'or, qui sera employé
» au bien et entretènement de ladite église.

» Et, afin que ce soit chose ferme et estable à
» toujours, nous avons fait mettre notre scel à
» cesdites présentes, sauf en autres choses notre
» droit et l'autrui en toutes. Donné à Hesdin, au
» mois d'avril, l'an de grâce mil quatre cent
» soixante - dix - huit et de nostre règne le dix-
» septième. *Signé* LOYS, *et sur le repli* M. Picot.

« C'était, dit Antoine Le Roy, faire connaître à
tous ceux qui aborderaient désormais en cette
place, qui est une des portes de la France, que
ce Royaume est acquis à Marie d'une façon toute
particulière et qu'elle possède les cœurs de tous
les sujets dans celui du Prince, qui en est le
centre: c'était hautement la déclarer Dame souveraine d'un pays qu'elle avait elle même choisi
pour y faire profusion de ses plus grandes faveurs;
c'était enfin lui mettre sur la tête un des fleurons
de cette première couronne du monde, qui ne
reconnaît au dessus de soi aucune domination
temporelle. »

Le vœu de Louis XI ne fut pas, comme plus
tard celui de Louis XIII, une consécration à
Marie: ce fut une véritable investiture féodale.
Notre-Dame de Boulogne fut nommée suzeraine et
comtesse du pays, ayant droit à l'hommage du roi,
comme vassal. C'était à Elle que devaient être

payées toutes les amendes, confiscations et exploits de justice, tous les profits et émoluments des greffes, etc., « par toute la dite comté, ressort et » enclavemens d'icelle, par quelconque juge, » siége et auditoire que ce soit, ou puisse être, à » quelque valeur et estimation qu'elles puissent » monter. »

C'était une magnifique donation, puisque ces amendes pouvaient s'élever annuellement à une somme de dix mille livres; mais les clauses n'en furent pas longtemps exécutées. Les hommes de justice aimaient mieux relever du roi que de la Vierge: ils préféraient faire entrer les amendes dans le trésor royal, plutôt que de les verser entre les mains des gens d'église.

Quant à Louis XI, le bizarre mélange de politique et d'astuce, de religion et d'hypocrisie, dont il a donné trop souvent le spectacle, est odieux, sans doute; mais, à tout prendre, ce roi, fût-il hypocrite autant qu'on veut bien le dire, ne manquait pas de bonnes qualités dont on doit lui tenir compte. Une vertu sans nuages, non plus que des vices sans voiles, telle n'est pas la condition ordinaire de l'humanité. Quoi qu'il en soit, l'hommage que Louis XI a fait à Notre-Dame de Boulogne, restera comme un des faits les plus remarquables de ce règne si diversement apprécié.

CHAPITRE VII.

Hôpital d'Audisque pour les pèlerins ; — Vœux des rois de France, successeurs de Louis XI ; — Visite de Marie d'Angleterre, sœur de Henri VIII ; — Richesses de la trésorerie ; — Prise de Boulogne par les Anglais, en 1544.

Couronnée du diadème royal, suzeraine des rois de France, dont elle tenait le cœur en sa main, la Vierge de Boulogne vit augmenter sa puissance et la gloire de son nom. « L'action de Louis XI dont nous venons de parler, avait fait trop d'éclat pour ne pas piquer d'une sainte émulation les premières personnes de sa cour et de celle des rois ses successeurs. » Le peuple redoubla l'hommage de sa dévotion. Nous en avons une preuve dans les efforts qui furent tentés pour relever de ses ruines l'hôpital de Saint-Nicolas d'Audisque, dévasté par les malheurs de la guerre.

Le 13 décembre 1484, Pierre, IIIe du nom, abbé de Saint-Wulmer-de-Boulogne fit un appel à la piété des fidèles chrétiens, pour la réparation de cette maison hospitalière, dans laquelle, dit-il, les pauvres mendiants de Boulogne et des environs trouvaient, chaque nuit, un abri tutélaire, pour eux, leurs femmes et leurs petits enfants. Depuis les dernières guerres il n'y restait plus un lit ; tous les linges, meubles et ustensiles avaient disparu ; « ce qui était un très-grand inconvénient, ajoute-t-

» il , pour les pèlerins et surtout les pauvres, qui
» vont à Boulogne par dévotion , offrir leurs vœux
» et leurs prières, à la glorieuse Vierge Notre-Dame
» de Boulogne, ou qui en reviennent. »

Charles VIII, Louis XII, et François I, qui
parvinrent successivement à la couronne , après
Louis XI, relevèrent, comme lui, de Celle qu'il
avait établie la Dame souveraine du Boulenois,
en lui payant chacun leur hommage d'un cœur
d'or de treize marcs.

» L'an 1514, les habitants de Boulogne virent
une autre majesté prosternée aux pieds des autels
de leur auguste Patronne: ce fut Marie d'Angleterre, sœur de Henri VIII , pour lors promise en
mariage au roi Louis XII. Cette Princesse ,
accompagnée de plusieurs personnes de la première
noblesse d'Angleterre, débarqua au mois d'octobre,
au port de cette ville, où elle fut reçue par François , pour lors duc de Valois , et depuis roi de
France, suivi des ducs d'Alençon et de Bourbon ,
et des Comtes de Vendôme, de Saint-Pol et de
Guise; et la première chose qu'elle fit, fut d'aller
droit à l'église, pour offrir ses prières à Jésus-
Christ, devant l'Image de sa sainte Mère. Elle y
fut conduite par les Abbés de Notre-Dame et de
Saint-Vulmer, qui étaient venus au devant d'elle
en cérémonie, l'un lui ayant présenté à baiser le
Reliquaire du lait de la Sainte-Vierge, et l'autre
le chef de saint Vulmer richement enchâssé. Après
que la princesse eût achevé ses prières, elle fut
quelque temps agréablement occupée à admirer
tous les riches présens et toutes les offrandes

royales, qui faisaient le principal ornement de l'église. Son admiration ne fut pas stérile, puisqu'elle laissa dans cet auguste sanctuaire, pour marque effective de sa piété, un grand bras d'argent, émaillé des Armes de France et d'Angleterre, pesant huit marcs.

» Peu de temps après, la reine Claude, fille aînée et héritière d'Anne de Bretagne et de Louis XII, et épouse de François I, y fit un autre présent, qui consistait en une robe de drap d'or, et [un manteau de même, pour servir à l'Image de Notre-Dame, avec une semblable robe pour l'Enfant Jésus.

» Les inventaires qui furent faits, quelque temps avant le siége des Anglais devant Boulogne, et qui sont heureusement venus jusques à nous, contiennent une infinité d'autres richesses, qu'il serait trop long de déduire en détail. Je me contenterai de dire, en général, qu'outre tous les présens offerts par divers particuliers, dont les noms se sont conservés, et dont j'ai rapporté jusqu'ici la meilleure partie, l'on comptait, dans la Thrésorerie, près de cent reliquaires, tant en or qu'en argent, dix-huit grandes Images d'argent, la plupart garnies de très-belles reliques; onze cœurs et un grand nombre de bras et de jambes, tant en or qu'en argent; vingt robes et douze manteaux d'étoffes très-précieuses, à l'usage de la sainte Image; et, pour ce qui est des diamans, des rubis, des saphirs et des autres pierreries qui rehaussaient le prix et l'éclat de la plus grande partie des joyaux de la Trésorerie, il serait bien mal aisé d'en dire le nombre au juste. Tout cela était placé en ordre, sous treize arcades, soutenues par autant de piliers, et renfermé dans des armoires destinées à cet usage. Il y avait, outre cela, deux layettes, qui n'étaient remplies que de Lettres d'Indulgences et de Pardons accordés par divers Papes, légats, archevêques et évêques. Voilà quel était alors l'état et la disposition de la Trésorerie.

» Pour la Chapelle, elle n'était pas moins somptueuse et magnifique. Arnoul le Ferron, conseiller au Parlement de Bordeaux, qui écrivait un peu après ce temps-là, nous en fait une belle description, dans son supplément de l'Histoire de Paul Émile. « C'était un lieu, dit-il, des plus
» saints et des plus augustes. Sept lampes, dont
» quatre étaient d'argent, et les trois autres d'or,
» brûlaient incessamment devant l'Image de la
» Sainte-Vierge. Cette Image montrait d'une main
» un cœur d'or, et de l'autre, elle embrassait son
» Enfant, qui tenait des fleurs d'or, où se voyait
» une escarboucle d'une prodigieuse grosseur ; les
» piliers et les colonnes, qui environnaient l'Autel,
» étaient revêtues de lames d'argent : enfin tout
» ce qui était dans cette Chapelle, le pouvait
» disputer avec ce que l'antiquité a jamais eu de
» riche et d'éclatant.

Henri VIII, roi d'Angleterre, avait révéré l'Image de Notre-Dame de Boulogne, en 1532, lorsqu'il vint dans cette ville s'entretenir avec François Ier, touchant les affaires des deux royaumes. Un historien, cité par Antoine Le Roy, nous apprend que le monarque Anglais logeait dans l'Abbaye, et, « tous les jours, entendait la messe à l'autel de Notre-Dame. »

Malgré ces démonstrations extérieures d'amitié, l'entente ne fut jamais parfaite entre les deux princes rivaux. La guerre se ralluma. Boulogne, frontière de France, si près de Calais, avait souvent tenté la nation Anglaise; mais on s'était toujours brisé contre ses murs, réputés imprenables.

Henri VIII, y vint mettre le siége, à la tête de cinquante mille combattans, le 18 juillet 1544. Il n'entre pas dans le plan de cet ouvrage, de raconter les divers incidents de ce siége mémorable, l'ardeur des assaillants, le dévouement des assiégés, la lâcheté du gouverneur et l'héroïque résolution que prit le Mayeur, Antoine Eurvin, au nom de tous les habitants, de s'ensevelir, jusqu'au dernier, sous les ruines de la place, plutôt que de se rendre au roi d'Angleterre.

L'église de Notre-Dame fut extrêmement maltraitée par l'artillerie Anglaise. L'armée de Henri VIII semblait croire que c'était là le principal rempart de la ville. De leur côté, les assiégés mettaient toute leur espérance « en Dieu et en la Vierge Marie. » Cependant la garnison, composée en grande partie de mercenaires italiens, ou de troupes mal commandées, ouvrit les portes aux Anglais, le 14 septembre 1544, sans tenir compte des représentations du corps de ville, de la noblesse et du clergé.

» Nous lisons, que lorsqu'Alaric, roi des Goths, força la ville de Rome, il ne mit au pillage que

les choses profanes, et qu'il épargna surtout la
Basilique des saints Apôtres, où il fit même
reporter quantité de vases sacrés, que l'on avait
trouvés cachés dans une maison particulière. Les
Anglais, plus impies que ce prince Arien, n'en
usèrent pas avec la même modération : non
contens de sacrifier à leur avarice tout ce qu'ils
trouvèrent de joyaux, de reliquaires et d'autres
meubles précieux, dans l'église et dans la Trésorerie de Boulogne, ils portèrent même leur
rage et leur fureur jusques sur l'Image miraculeuse : diverses égratignures qui lui restèrent en
quelques endroits du visage, et surtout une fraction
au nez, furent les tristes marques des outrages
qu'elle reçut dans cette occasion. Il faut croire
qu'elle ne fut pas mieux traitée en Angleterre, après
que ces insulaires, soit pour l'outrager plus à loisir,
soit pour donner quelque chose à la curiosité de
leurs compatriotes, l'y eurent transportée, avec
plusieurs meubles sacrés, du nombre desquels
étaient les belles orgues, qui font aujourd'hui le
principal ornement de l'église de Cantorbéry.

» Certes, ce fut le comble pour l'affliction de
Boulogne, de voir enlever l'Image qui avait été
de tout temps l'objet de sa plus tendre dévotion,
et le gage le plus assuré de la protection du Ciel ;
mais ce ne fut pas encore assez pour contenter
l'impiété des Anglais. Comme s'ils eussent eu dessein d'abolir pour jamais la mémoire d'une dévotion
si ancienne, ils renversèrent de fond en comble la
Chapelle, où s'étaient faits tant de pélerinages, et
où s'étaient opérés tant de miracles; et ils élevèrent

sur les ruines une espèce de boulevard, tandis que le reste de l'église leur servait d'arsenal : Changeant ainsi EN MAGAZIN DE VULCAIN ET SANGUINAIRE OFFICINE DE MARS (ce sont les termes d'un Auteur de ce temps-là) UN LIEU DE SI GRAND ABORD, SAINTETÉ ET DÉVOTION, ET CÉLÉBRÉ PAR GRANDS ET MIRACULEUX PRODIGES EN TOUTE LA CHRÉTIENTÉ.»

Après être resté cinq ans et demi au pouvoir des Anglais, Boulogne fut enfin rendu à la France par le traité de Capécure, signé au fort d'Outreau, le 24 mars 1550. La conservation de cette ville était devenue impossible pour les Anglais, en présence des forces dont la France pouvait disposer. Elle leur avait du reste coûté assez cher, à cause d'une peste effroyable, qui décima plusieurs fois la garnison, et qui fut regardée par les historiens comme une punition du Ciel. Guillaume Paradin, cité par Le Roy, dit positivement que Notre-Dame vengeait ainsi la ruine et la profanation du temple auguste, où elle avait opéré tant de merveilles. »

CHAPITRE VII.

Henri II rentre en possession de Boulogne 1550; — Vœu du roi; — Bulle du Pape Jules III; — Érection d'un Évêché dans la ville de Boulogne, 1567.

Le roi Henri II avait mis la plus grande importance à rentrer en possession de la ville de Boulogne. Dès son avènement à la couronne, il avait fait un vœu à Notre-Dame, pour le recouvrement du pays sur lequel cette divine Vierge exerçait un patronage tout spécial de suzeraineté.

» Ce fut François de Montmorency, seigneur de la Rochepot, Lieutenant-Général de Picardie, qui prit possession de Boulogne, au nom du roi son Maître. Le Milord qui commandait dans la place vint au devant de lui et lui remit les clefs en cérémonie. Cela se fit le 25 avril, fête de saint Marc, de l'an 1550 ; et le 15 mai ensuivant, jour de l'Ascension de Notre-Seigneur, le roi y entra en personne, suivi d'une cour très-nombreuse. L'Abbé Jean de Rebinghes, qui avait su que le roi devait faire son entrée dans cette ville, l'y avait précédé de quelques jours, pour disposer les choses nécessaires à sa réception. Ses principaux soins furent employés à purifier l'église qui avait été profanée en tant de manières, à la parer de quelques ornemens et reliquaires, qu'il avait sauvés avant le siége; et à y rétablir le culte divin. Et d'autant que la chapelle, où était l'Image, avait été renversée, comme nous avons dit, et changée en une espèce de terrasse, ou boulevard, ce bon Abbé en fit dresser une dans le lieu même, avec de la toile et des cordages en forme de tentes, suspendues sur six piliers de bois, la nécessité présente ne luy permettant point d'en faire davantage. Le roy y alla, aussitôt qu'il fut entré dans la ville; il y fit ses actions de graces à la Sainte-Vierge pour le recouvrement d'un pays dont il la reconnaissait pour Souveraine; et, se souvenant qu'il avait fait un vœu pour cela deux ans auparavant, il y satisfit d'une manière vraiment royale, donnant une grande Image de Notre-Dame dans un bateau, faite d'argent massif, du poids d'environ six vingts marcs, pour être mise en la place de l'Image miraculeuse qui avait été emportée en Angleterre.

» Il ne manquait plus à la gloire de la Sainte-Vierge et au bonheur des peuples de Boulogne, que de revoir l'ancienne et véritable Image. Ils reçurent bientôt ce dernier accomplissement de leurs désirs; car comme l'on sut que cette sainte Image avait été jusqu'alors conservée en Angleterre, parmi les malheureux débris de la ville de Boulogne, le roi se crut obligé d'en poursuivre instamment la restitution. Louis de la Trimouille, Prince de Talmond, fut chargé par le roi de redemander l'Image, et de faire en sorte auprès d'Édouard, qu'elle fût ramenée à Boulogne. Il fut heureux dans sa commission, et il y réussit au gré de son maître et à la satisfaction des Boulonnais: comme les deux Rois étaient alors en assez bonne intelligence, celui d'Angleterre n'eut pas de peine à consentir que l'Image fût remise entre ses mains.

Le clergé la fut recevoir en procession, et la porta comme en triomphe dans son ancienne demeure. Le peuple assista en foule à cette cérémonie, et par mille démonstrations extérieures fit éclater la joie extrême qu'il avait de revoir briller son étoile, après une éclipse d'environ sept années.

» Il ne fut pas long-temps sans en ressentir de favorables influences; car la grâce des miracles se

renouvela dans l'église de Boulogne, aussitôt
que la sainte Image y fut rétablie, ce qui fut cause
qu'on y vit bientôt recommencer les pèlerinages
et refleurir l'ancienne dévotion. »

Le Souverain-Pontife, à qui est confiée la sollicitude de toutes les Églises, s'empressa de contribuer aussi, pour sa part, à la restauration du culte
dans l'église de Notre-Dame. Jules III, qui venait
de monter sur le Siége de saint Pierre, accorda
une indulgence plénière à ceux qui visiteraient
dévotement cette église, les jours de Noël et de
Pâques, pendant trois ans. Voici, d'après le Père
Alphonse « quelque partie de sa Bulle : »

» Jules, Pape, ayant eu certaine cognoissance
» qu'au temps que les Anglois ont pris et possédé
» Boulongne, ils en ont violé, prophané et ruiné
« toutes les Églises, mais principalement celle de
« Nostre-Dame, très-somptueusement bastie, et
« ont aboly tant qu'ils ont peû l'honneur et la
» dévotion qu'on y portoit à la très-Saincte Vierge;
» et voyant qu'elle est remise souz le domaine et
» l'empire de nostre bien-aymé Fils en Jésus-
» Christ, le très-chrestien Roy de France Henry
» II, comme elle estoit auparavant; Désirant
» remettre en estat, et en son ancien lustre,
» l'honneur et la vénération qu'on portoit à ces
» églises, et surtout pour animer les fidelles à
» présenter souvent leurs vœux et leurs services à
» Dieu et à sa très-Saincte Mère en son Église, à
» laquelle nous avons appris que ledit Roy Henry
» portoit une singulière et très-grande vénération;
» Et, afin qu'un chacun des fidelles cognoisse

» les grâces et les faveurs qu'ils en peuvent rece-
» voir, Nous, confians en la miséricorde divine,
» donnons pleine indulgence et rémission de tous
» les péchez à toutes personnes de l'un et de
» l'autre sexe, de quelque part qu'elles puissent
» venir, qui, confessez et contrits, visiteront
» l'Église de Nostre-Dame aux jours et festes de
» Noël et de Pasques, par l'espace de trois ans. »

Tandis que l'église de Notre-Dame de Boulogne se relevait glorieusement de ses ruines,
une lamentable affliction écrasait le diocèse de
Térouanne, dont Boulogne faisait alors partie.
La vieille cité des Morins, vaincue et subjuguée le
20 juin 1553, subissait la colère du vainqueur.
Charles-Quint n'y voulut pas laisser pierre sur
pierre : il fit passer la charrue et semer le sel sur
l'emplacement de cette ville infortunée, qui avait
été l'un des boulevards de la France et le siége
d'un illustre évêché.

Les chanoines de l'insigne cathédrale, ne pouvant
rester au milieu des ruines de leur église désolée,
demandèrent à leur supérieur immédiat, l'archevêque de Reims, de leur assigner, en France, un
asile provisoire, pour y vaquer à la prière et à la
célébration de l'office divin, en attendant que le
Saint-Siége, d'accord avec le roi de France, eût
pourvu à l'érection d'une nouvelle cité épiscopale.
Par ses lettres, en date du 14 juillet suivant,
l'archevêque transféra le Chapitre à Boulogne-sur-
mer, dans l'église abbatiale de Saint-Wulmer.
C'est là que, depuis la veille de la Toussaint 1553
jusqu'au 15 janvier 1557, le collége sacerdotal de
l'antique Morinie put trouver un abri passager.

Charles-Quint, maître de la ville de Térouanne, avait espéré conserver l'évêché de cette ville sous sa domination temporelle ; mais le Chapitre, composé en très-grande partie de sujets Français, prétendit rester fidèle à son roi et ne voulut pas se ranger sous l'autorité du vainqueur. Henri II appuyait leur résolution.

Six chanoines de Térouanne, réfugiés à Saint-Omer, sous la protection de Charles-Quint, malgré les protestations de leurs confrères et les ordres de leur Supérieur, s'obstinaient à représenter le Chapitre entier, dont ils s'appropriaient à eux seuls les revenus. Henri II, de son côté, confisquait, à titre de représailles, les biens que les communautés étrangères possédaient dans ses états.

Le diocèse de Térouanne, comme plus tard celui de Boulogne, était assis sur un territoire qui était loin d'appartenir tout entier à la France. Cette frontière du Nord, le grand chemin des invasions, peuplé d'une race mixte, a été, jusqu'à la paix de Nimègue, un perpétuel champ de bataille. Pouvait-on espérer d'y maintenir un seul évêque Français, ayant juridiction sur une population dont les trois-quarts obéissaient à un souverain étranger ?

On résolut de diviser le diocèse en deux parties, égales sous le rapport du territoire, des charges et des revenus. Le traité de Cateau-Cambrésis, (3 avril 1559), arrêta en principe cette division, qui fut effectuée dans la *partition* d'Aire, signée le 29 juin suivant.

Depuis quelque temps, Charles-Quint travaillait

à augmenter considérablement le nombre des évéchés, dans les Pays-Bas Espagnols. Cette contrée, pleine de villes opulentes, regorgeant de population, avait en effet bien peu d'églises cathédrales ; et, suivant la remarque du Pape Pie IV, il était difficile que les évêques pussent administrer, avec tout le soin convenable, la grande multitude d'âmes confiées à leur sollicitude. En conséquence, les grands évêchés de Liége, de Tournai, de Cambrai, etc., furent démembrés successivement ; et, en outre, deux siéges, au lieu d'un, furent créés dans la partie du diocèse de Térouanne qui échut à l'Empereur. Saint-Omer et Ypres se partagèrent cet honneur, en conséquence des bulles du Pape Pie IV, du 11 mars 1560.

Pendant ce temps, les Vicaires-généraux de Térouanne (le siége vacant) et les vingt-deux chanoines retirés à Boulogne attendaient que le Saint-Siége rétablît leur évéché, pour la partie française. A la mort de Jean de Rebinghes, Abbé de Notre-Dame de Boulogne (1557), il fut arrêté que cette abbaye serait supprimée, réunie aux possessions du chapitre et du nouveau siége, pour servir de résidence à l'évêque, et d'église cathédrale au diocèse, conformément aux suppliques qui avaient été adressées au Saint-Père. Les chanoines y furent, en conséquence, transférés par lettres patentes du 31 décembre 1557 et entrèrent en possession le 16 février suivant.

L'Image de Notre-Dame était alors « visitée d'un concours de peuple si extraordinaire, que les pèlerins trouvaient à peine où se loger, quoiqu'en ce temps presque toutes les maisons servissent d'hôtellerie.

Le concours des pèlerins étrangers qui se rendaient à Notre-Dame de Boulogne était tel qu'on affectait d'y voir un danger pour la France. Les réformés de ce pays s'en alarmèrent. On lit dans les mémoires du temps que le roi de France aurait bien dû mettre « hors de ses villes et frontières les » images ausquelles y a si grand apport, comme » de Nostre-Dame à Boulongne, de Saint-Esprit à » Rue, et autres. » Comme on reprochait aux Flamands de venir quelquefois en France afin d'y assister aux conventicules des Huguenots, ils ajoutent: « Pour un Flamand qui vient en France pour ouir » les presches de la religion réformée, il y en vient » ordinairement plus de cent en ces pèlerinages, » avec chariots et grands chevaux; voire que, » depuis les troubles, plus que jamais, *on les y a* » *veu venir plusieurs chariots à la fois, et de* » *grans seigneurs dedans.*

La mort imprévue de Henri II, le règne si court de son successeur et les tristes complications des guerres religieuses apportèrent quelque retard à l'érection du siége épiscopal de Boulogne. Du reste, le gouvernement Espagnol fit encore quelque opposition : l'évêque de Saint-Omer, Gérard d'Hamericourt, en fut l'organe, intéressé ou officieux. En 1566, nous voyons l'official de Térouanne, maître Sulpice Charlemagne, député vers le vice-roi, à Bruxelles, pour y prendre des informations et y porter des mémoires relativement aux difficultés qui s'étaient élevées depuis peu. Le président

Dormy, dont le neveu et le fils ont été successivement évêques de Boulogne, paraît avoir pris une très-grande part à la solution de ces difficultés. Il entretenait avec le Chapitre une correspondance active ; et, par son crédit, ses efforts et ses soins, il obtint du Siége Apostolique une décision favorable à l'érection de l'évêché de Boulogne-sur-mer.

Le 5 des nones de mars 1566, (c'est-à-dire le 3 mars 1567, suivant notre manière de compter), le grand Pape saint Pie V, amené à cela, dit-il, par les prières de son très-cher Fils en Jésus-Christ, Charles IX, roi de France très-chrétien, voulant, pour la gloire de Dieu et l'exaltation de l'Église catholique, accomplir cette œuvre insigne, considérant la population et la célébrité de la ville de Boulogne, la fertilité de ses campagnes, l'étendue de son commerce et la facilité de ses communications, invoquant l'autorité des Apôtres saint Pierre et saint Paul, supprima l'abbaye de Notre-Dame, érigea la ville en Cité, et l'église en cathédrale, sous le nom de Boulogne et l'invocation de la Bienheureuse Vierge Marie.

CHAPITRE IX.

La Michelade à Boulogne, 1567 ; — Disparition de l'Image miraculeuse de Notre-Dame ; — Massacres, ruines et pillages ; — Restauration du culte, 1568; — Dons, offrandes et pèlerinages.

Il y avait déjà quelques temps que les doctrines du protestantisme, malgré les efforts persévérants de l'Église catholique, circulaient en France et gagnaient chaque jour du terrain. Tout ce qui avait un dégoût secret de l'autorité, les esprits inquiets, turbulents, ambitieux, cherchaient de ce côté, avec l'indépendance religieuse, une arme contre le pouvoir, ou bien un piédestal pour leur vanité. La Réforme était, tout à la fois, une secte religieuse et une faction politique. Aspirant à la domination exclusive, les protestants travaillèrent à imposer leurs croyances par tous les moyens dont ils purent disposer; maîtres du pouvoir, et n'ayant jamais vu sur le trône de France que des enfants de l'Église, les catholiques se défendirent en employant les mêmes armes; de là les guerres de religion. « Un homme, dit M. Audin, court au martyre sans se plaindre; mais un culte a une autre mission, c'est de vivre. » On a trop longtemps représenté les calvinistes français du XVIᵉ siècle comme les tristes victimes de l'intolérance catholique : c'est le contrepied de l'histoire. A Boulogne, nous allons les voir à l'œuvre, et nous pourrons les juger.

Une conspiration formidable, tramée dans les consistoires, et dont le projet n'allait à rien moins qu'au renversement du trône, éclata sur tous les points du royaume, à la fin du mois de septembre 1567. Cinquante villes tombèrent en un instant au pouvoir de la faction, et furent traitées en pays conquis. Maltraiter ou chasser les habitants, massacrer les prêtres et les religieux, profaner tous les objets du culte, saccager les églises et les monuments religieux; tel fut le mot d'ordre de la *Michelade*.

Dès le mois de juin de la même année, arrivèrent à Boulogne quatre ou cinq ministres de la religion nouvelle, accompagnés de nombreux étrangers. Le Chapitre s'en émut, craignant que ces prédicants ne fussent venus entreprendre quelque chose de mal contre l'Église et ses ministres. Les appréhensions des catholiques n'étaient que trop fondées. Louis de Lannoy, seigneur de Morvilliers, gouverneur de la ville, y rentra le 26 septembre suivant, après quelques mois d'absence. Avec lui, disent les Registres capitulaires, débarquèrent plusieurs étrangers, tant cavaliers que fantassins, sectateurs zélés de la nouvelle religion; et, chaque jour, comme dans un asile sacré, une foule immense de huguenots, ennemis très-acharnés des hommes d'église, venait de toutes parts prendre possession de la ville.

A ce spectacle, plusieurs des chanoines, ne croyant pas leur vie en sûreté, se réfugièrent à Montreuil; les autres se fiant aux mielleuses paroles du gouverneur, crurent devoir rester pour ne pas interrompre la célébration des offices divins. Quelques années auparavant, dans une circonstance semblable, quoique moins grave, ils avaient fait transporter à Montreuil, ou caché dans des souterrains, leurs ornements les plus riches et les plus précieux objets de la Trésorerie. Cette fois, ils eurent l'imprudence d'en confier la plus grande partie au sieur de Morvilliers. Ils ne tardèrent pas à reconnaître quelle était leur erreur.

Le matin du dimanche 12 octobre, en entrant dans l'église, on s'aperçut que l'Image miraculeuse de Notre-Dame avait été enlevée de son autel. Les plus minutieuses perquisitions, faites sur le champ par le Lieutenant-général, Antoine Chinot, n'amenèrent aucun résultat ; et l'on dut se borner à attendre que la Providence fît connaître l'auteur de ce vol sacrilège. Consternés et tremblants, les catholiques n'osaient se confier qu'en secret leurs soupçons et leurs craintes. La disparition de l'Image, qui était regardée comme le palladium de la cité, faisait redouter les plus grands malheurs.

Bientôt l'orage se déclara dans toute sa violence. Le jour des morts, pendant que le vénérable Pierre Darques, doyen du chapitre de Térouanne, et ses confrères qui étaient restés à Boulogne, chantaient l'office des trépassés, de nombreuses décharges d'arquebuses éclatèrent tout-à-coup ; une grêle de pierres fut lancée à travers les fenêtres de l'église ; le service divin fut interrompu, et les chanoines durent chercher leur salut dans la fuite.

Les huguenots levèrent alors le masque : ils se ruèrent sur la cathédrale et sur l'abbaye de Notre-Dame, comme sur une proie.

On fit plus. Il y eut un massacre de prêtres dans l'église de Saint-Nicolas, où la célébration du culte fut interrompue pendant six mois. Un pauvre Cordelier, que la vieillesse et les infirmités retinrent dans son couvent, fut inhumainement égorgé ; on poussa même l'acharnement au point de poursuivre, « jusqu'aux communes de Leubringhen, » un prêtre qui fuyait « pour empêcher qu'il n'eût été massacré avec les autres. »

Veut-on savoir si la faction n'en voulait qu'aux prêtres ? Qu'on lise les comptes aux deniers

communs, octrois et revenus patrimoniaux de la
ville de Boulogne, pour l'année 1568 ; on y verra
que les « catholiques ont été contraints soi ab-
senter et eux retirer, tant ès villes de Montreuil
et Calais, que autres lieux ; » et qu'en conséquence
les finances de la ville ont été dilapidées. Qu'on
ouvre le registre aux délibérations du Corps de
ville ; on y lira que des remises considérables ont
dû être faites aux fermiers des octrois, à cause des
pertes par eux éprouvées « à l'occasion des trou-
» bles et séditions..... à raison aussi du désastre ,
» sac et pillage du Bourg [la Basse - ville],
» retraite et absence de la plupart des habitans de
» cette dite ville et bourg, qui, durant ledit temps
» et lesdits troubles s'étaient retirés ès villes de
» Montreuil et Calais, *pour les insolences et*
» *cruautés des Huguenots et autres sédi-*
» *tieux et gens de la nouvelle opinion,*
» qui lors s'étaient emparés de cette dite ville. »
Les Huguenots restèrent maîtres de Boulogne
jusqu'au 25 avril 1568, et gardèrent même plus
longtemps encore le Château. Lorsque les catholiques purent y rentrer, on s'occupa de chercher
l'Image miraculeuse de Notre - Dame : les fouilles
qu'on fit en divers endroits, sur les indications
fournies par la rumeur publique, n'amenèrent
aucune découverte. Les uns disaient que les
réformés l'avaient réduite en cendres , avec toutes
les statues des saints; d'autres prétendaient qu'on
l'avait jetée dans un puits , ou dans quelque
immonde cloaque; les bonnes âmes espéraient
qu'un jour la bénigne Vierge sortirait de son

obscure retraite, pour être replacée sur son autel.

Le Chapitre de Térouanne put enfin se réunir à Boulogne, le 1er mai ; et l'office divin fut chanté de nouveau dans l'église de St-Wulmer, jusqu'à ce que la cathédrale pût être rouverte au culte, 18 juillet. L'année suivante, au mois de septembre, le doyen des chanoines, Pierre Darques, mourut victime d'un lâche assassinat, qui fut attribué aux Huguenots. Enfin, le 3 avril 1570, Claude-André Dormy, premier évêque de Boulogne, depuis l'érection du siége par S. Pie V, fit son entrée solennelle dans sa ville épiscopale. Il venait y réparer des ruines.

Grâces aux efforts réunis des chanoines et des religieux de l'Abbaye, dont les biens étaient encore soumis à une administration distincte, l'église et les bâtiments claustraux reprenaient peu à peu une forme plus décente. « Mais, dit Antoine Le Roy, le travail surpassait de beaucoup les forces du Chapitre, et ce qui restait à faire était encore plus considérable que ce qui était déjà fait.

» Plusieurs particuliers contribuèrent du leur, pour un si digne sujet. François de Chaumeil, seigneur de Caillacq, successeur de Morvilliers au gouvernement du Boulonnais, fit paraître un zèle pour la maison de Dieu, qui lui acquit autant d'estime et d'affection, que son prédécesseur, par une conduite toute contraire, s'était attiré de mépris et de haine.

» Diverses autres personnes voulurent dans la suite avoir quelque part à l'achèvement de ce grand ouvrage, que le malheur des temps faisait traîner si fort en longueur. Messire Claude-André Dormy fut un des premiers à y exciter les autres.

Quelques - uns tournèrent les effets de leur libéralité à la réparation des voûtes et autres ouvrages de la nef, qui fut la dernière à être remise en état. D'autres enfin étendirent leur dévotion jusqu'à l'entier rétablissement des chapelles qui étaient demeurées en ruine. L'autel de Sainte - Anne, depuis converti en chapelle de la Vierge, fut élevé par Claude de Vendôme, seigneur de Ligny-sur-Canche, gouverneur de Doullens. La chapelle de Saint - Nicolas fut réparée par les seigneurs de Blondel - Joigny, barons de Bellebrune; celles de Saint - Jean et de Saint - Jacques, autrement du Saint - Sacrement, par les sieurs Guillaume Mouton et Robert de Parenty; tous deux mayeurs de Boulogne.

» Il se trouve encore dans notre Trésorerie quelques uns de ces vœux dont je viens de parler : il y en a un entr'autres, qui, pour la qualité de son auteur, mérite d'avoir place dans cette histoire : il est du cardinal Antoine de Créquy, évêque d'Amiens, neveu du dernier évêque de Térouanne de même nom. Il exprimo les tendres sentimens de son cœur, envers Notre-Dame de Boulogne, par des vers gravés sur une plaque d'argent, qu'il laissa en témoignage du vœu et du pèlerinage qu'il fit à Boulogne, au retour de son voyage de Rome. En voici la traduction :

EX VOTO,

Offert à la divine Vierge Marie,
dans son sanctuaire de Boulogne,
par le cardinal Antoine de Créquy,
le 20 mai 1571.

« Après être revenu de la ville de Romulus,
» avec mes compagnons, sain et sauf dans ma pa-
» trie, il m'est enfin donné, Vierge Sainte, de
» vous offrir ici les vœux de ma piété et le tribut
» de ma reconnaissance. Je vous en prie avec
» larmes, prenez en main la défense du nom de
» votre Fils, étendez votre doux patronage sur
» la cause Chrétienne. Que le Seigneur daigne
» enfin guérir les maux cruels de l'Église son
» Épouse, et, de sa main victorieuse, soutenir et
» diriger le sceptre de la France. Qu'il jette un
» regard de bonté sur le troupeau dont je suis le
» pasteur, sur mes enfants, ma sœur bien-aimée
» et sur ma maison tout entière. Si les calomnies
» de mes détracteurs s'attaquent à ma réputation,
» faites que je n'en sois point accablé. Ah ! si le
» Dieu tout-puissant vous accorde au plus tôt
» l'effet de ces prières, heureux, oh ! oui, heureux
» alors, ô Vierge très-sainte, je vous consacrerai ce
» qui me reste de vie ; car je ne crains point de
» vous appeler la Mère de mon Dieu, la Reine du
» Ciel. »

« Quelques années après, un chanoine et écolâtre de l'Église d'Amiens fit aussi un vœu à la
Sainte-Vierge, qui étoit gravé sur une plaque
d'argent en ces termes :

» A Dieu très-bon, très-grand, et à l'immaculée
» Vierge Marie de Boulogne, Thomas Obry,
» écolâtre et chanoine de l'Église d'Amiens, a
» offert cet *ex voto*, en exécution religieuse d'un
» vœu, le 24 mai 1584. »

Au mois de juin de l'an 1604, Anne de Caumont,

marquise de Fronsac, vint en pèlerinage à Notre-
Dame de Boulogne, afin d'obtenir la grâce d'avoir
un fils de son mariage, contracté, en 1595, avec
François d'Orléans, comte de Saint-Pol, duc de
Fronsac et de Château-Thierry, pair de France,
de l'illustre maison de Longueville. Ce bonheur
fut accordé à ses instantes prières, et, le 9 mars
1605, elle mit au monde Léonor d'Orléans, duc
de Fronsac, en compagnie duquel elle revint à
Boulogne, en 1616, pour y rendre de solennelles
actions de grâces à sa divine bienfaitrice. Le jeune
duc embrassa la carrière des armes et ne tarda pas
à donner de grandes espérances; mais Dieu le
retira de ce monde avant qu'il eût atteint sa dix-
huitième année. « Cette fleur que nous avons vue
s'épanouir, dit un chroniqueur, perdit la vie
heureusement sans la flétrir, en réduisant les
huguenots sous l'obéissance du Roi, au siége de
Montpellier, le 3 septembre 1622. »

CHAPITRE X.

On retrouve l'ancienne Image miraculeuse que les
Huguenots avaient en vain cherché à détruire;—
Informations juridiques à ce sujet;—Miracles et
pèlerinages, 1607—1617.

La piété populaire ne s'était point trompée
dans ses espérances : on allait voir réappa-
raître l'antique statue miraculeuse de Notre-
Dame de Boulogne. Quelques personnes se pré-

occupaient vivement des bruits qui couraient à cet
égard. Un laboureur de Bellebrune, Jacques De
Wismes, étant allé à la guerre, vers la fin de
l'année 1588, avait entendu, pendant une veillée
militaire, dans le village d'Inxent, une conversation
qui l'avait fortement intéressé. Parmi les sou-
darts qui se racontaient leurs exploits des années
passées, afin de charmer les ennuis du corps de
garde, se trouvait un sergent, nommé Bertrand
Brillart, homme d'un certain âge, appartenant à
la religion réformée. Les vingt ou trente années
de service qu'il comptait alors lui donnaient l'occasion de rapporter maint fait d'armes et mille
piquantes aventures.

Ce soir là, Brillart se mit «à parler et discourir
des ruines et massacres faits en la ville de Boul-
logne, tant par lui que ceux de sa religion; disant
entre autres choses qu'ils avaient tué et massacré plusieurs prêtres, ruiné les églises, mis le
feu en icelles, rompu et brisé les images, et que
ce fut lui avec autres, qui prirent et enlevèrent
l'image de la glorieuse Vierge Marie, du lieu où
elle était posée en l'église de Notre-Dame. » Ces
révélations frappaient de terreur le jeune soldat
catholique, à qui sa mère avait inspiré un saint
respect pour « la bonne Notre-Dame. »

Brillart ne borna point là ses confidences : il est
rare que le méchant puisse garder longtemps le
secret de ses crimes. On sut que les huguenots
avaient essayé de brûler l'Image, sans pouvoir y
réussir; après quoi, «ils prirent quelque coignée
pour la rompre et briser par morceaux. » Ce

moyen n'ayant pas eu plus d'efficacité que le premier, ils avaient pris le parti de l'enfouir sous un
tas de fumier, où ils l'avaient laissée, disait-on,
près de trois ans. « Plus tard, étant allés voir si
ladite image était pourrie et gâtée, et ayant trouvé
qu'elle n'était endommagée, ils la jetèrent dans
un puits, » d'où ils se flattaient qu'elle ne serait
jamais retirée. Brillart ne dit pas où était ce puits,
mais De Wismes, qui était né à Watrezelle, dans
la paroisse de Wimille, put comprendre, à certains indices, que ce n'était pas loin de sa maison
paternelle.

Une femme de Wimille, nommée Catherine Le
Febvre, avait entendu aussi quelques récits à ce
sujet. Brillart avait logé dans sa maison, pendant
une tournée qu'il avait faite, « afin de recueillir
des hommes pour la montre. » Dans ses vanteries
sacriléges, le huguenot disait avoir fait allumer
quinze ou seize fagots, au milieu desquels l'image
avait été mise; mais la flamme ne l'avait point
atteinte, au grand étonnement de l'iconoclaste,
qui disait en son langage de soldat : « Je ne sais de
quel d..... de bois elle est faite. »

Il y a, sur la paroisse de Wimille, à peu de
distance de Boulogne, un château, bâti au XVI*
siècle, et qu'on appelle le château de Honvault.
C'était là que vivait encore, en 1607, un vieux gen-
tilhomme, nommé Jehan de Frohart, autrefois
lieutenant-particulier en la sénéchaussée du Boulonnais. Il avait pris une part active aux guerres
de religion. On l'accusait d'avoir versé le sang
des prêtres, et on l'avait vu courir, l'épée à la

main, à la poursuite des catholiques qui fuyaient de toutes parts, en 1567. Depuis quelque temps, il ne sortait guères de sa retraite, où, après avoir abjuré les erreurs de sa jeunesse, il se préparait doucement à la mort, entouré de la vénération de sa famille, mais toujours craint et redouté.

Le sieur de Honvault recevait quelquefois la visite d'un de ses parents, qui vivait en solitaire dans la forêt de Desvrenne. C'était un homme vénérable, appartenant à une noble famille. Il s'était fait construire un petit ermitage, où il s'occupait à la prière et à la mortification. Jehan de Frohart, édifié des vertus du pieux ermite, lui fit un jour une mystérieuse confidence. — Seriez-vous bien heureux, père Vespasien, lui dit-il, si je vous donnais, pour la mettre dans votre humble chapelle de feuillage, une précieuse relique dont je suis le possesseur? La vieille Image de Notre-Dame de Boulogne, enlevée de son autel par mes anciens compagnons d'armes, a été, du temps des malheureuses guerres passées, jetée dans le puits de mon château où ma femme l'a retrouvée. Nous n'osons le dire à personne, de crainte qu'on ne nous accuse d'avoir recélé le trésor de l'église, dont vous savez que Morvilliers a dépouillé les chanoines; mais je ne puis mourir sans avoir remis ce précieux dépôt entre les mains d'un homme de religion et de piété. — Vespasien de Fonteynes, c'était le nom de l'ermite, accepta joyeusement la proposition. Il en conféra aussitôt avec un prêtre de Boulogne, nommé Antoine Gillot, en qui il avait pleine confiance; et, de concert avec ce respectable ecclésiastique, il résolut de rendre l'Image à la ville de Boulogne, afin qu'elle pût y être rétablie dans ses anciens honneurs.

Antoine Gillot, que l'historien Le Roy appelle « un homme d'une piété reconnue et d'une singulière dévotion envers la Sainte-Vierge, » se rendit avec l'ermite au château de Honvault. Là, on lui raconta comment l'Image avait été autrefois retirée du puits, dans lequel, depuis ce fait, une goutte d'eau, perlant à travers la muraille, tombe de minute en minute, comme une larme, pour pleurer le sacrilège des huguenots. La dame de Honvault avait fait transporter la bonne Vierge dans une des salles de son antique demeure ; chaque jour elle y avait fait ses prières, avec beaucoup de dévotion; des grâces abondantes étaient alors descendues sur sa famille; son mari s'était converti à la vraie foi catholique ; la guerre avait respecté le petit domaine sur lequel régnait le vieux seigneur. Nicolas de Frohart et ses sœurs, à qui leur mère avait fait prendre la pieuse habitude de regarder la sainte Image comme la bénédiction de leur maison, se joignaient à leur père pour affirmer, sur leur ame et conscience, l'authenticité de la vénérable relique dont Boulogne pleurait la perte.

Transporté de joie, Antoine Gillot s'empara de la sainte Image, la chargea sur ses épaules et prit le chemin de Boulogne.

« Ce fut le mercredi vingt-sixième de septembre de l'an 1607, qu'il entra dans la ville avec cette charge précieuse, qu'il déposa d'abord chez le sieur Guillaume Mouton, ancien mayeur, dont la maison était tout proche des portes. Tout le monde, au bruit de cette nouvelle, y accourut en foule, et les personnes les plus considérables se piquèrent d'y venir rendre à la Sainte-Vierge les premiers respects. On y vit entre autres M. Adam Le Vasseur, autrefois conseiller au parlement de Paris, et pour lors Lieutenant-général en la sénéchaussée du Boulonnais, venir, plusieurs jours de suite, faire sa prière devant cette Image; et depuis on lui a souvent ouï dire qu'il en sortait une odeur agréable, dont l'air était tout embaumé. Plusieurs autres particuliers, qui ont fait la même expérience, ont rendu aussi le même témoignage. »

L'arrivée de la sainte Image fut un événement accueilli avec joie par les fidèles, mais avec quelque défiance de la part de l'autorité ecclésiastique. Dès le jeudi 27 septembre, le chapitre prit une délibération conçue en ces termes:

« Messieurs s'étant capitulairement assemblés,
» au sujet d'une nouvelle qui s'est répandue par
» toute la ville, touchant une Image de Notre-
» Dame, en bois fort antique, apportée du château
» de Honvaut dans la maison d'honorable homme,
» Guillaume Mouton, naguères à son tour mayeur
» de cette ville. laquelle image on dit être celle
» qui, au temps passé, est arrivée en cette ville,
» par divine puissance, dans un bateau sans pilote,
» et a été honorée par de si fréquents pèlerinages
» et vœux du peuple, laquelle aussi on croyait
» perdue depuis l'époque des troubles de 1567,

» lorsque les hérétiques se sont emparés de cette
» ville de Boulogne, ont députe vénérables et
» discrètes personnes, maître Anthoine Clugnet,
» archidiacre, et François Le Vasseur, chanoine,
» à l'effet de se rendre auprès des gens du roi,
» des mayeur et échevins de cette ville, pour les
» prier de se réunir au Chapitre, afin de tenir
» conseil sur les voies et moyens convenables,
» pour faire information de l'authenticité de ladite
» image, de manière à éviter toute erreur. »

Ces précautions étaient sages: elles sont, du
reste, dans les habitudes constantes de l'Église.

Bientôt les informations commencèrent. On se
transporta au château de Honvault, pour entendre
la déposition de Jehan de Frohart et de sa famille.
Ce vieillard, agé de 75 ans, raconta les circonstances qu'il savait, touchant la découverte et la
conservation de la sainte Image dans son château.
On entendit ensuite successivement « Richard du
Somerard, ancien échevin de Boulogne, âgé de
82 ans, et damoiselle Antoinette Brisse, veuve de
de François de Pouques, sieur de Gadimets, lieutenant pour le roi en la ville de Montreuil, âgée
pour lors d'environ 90 ans.

» Toutes leurs dépositions justifièrent assez
clairement, que l'Image nouvellement rapportée
de Honvault était la même qui avait été anciennement révérée à Boulogne.

Les humbles fidèles, dont l'instinctive piété
devance, quelquefois si sûrement, la décision des
docteurs, se mit aussitôt à invoquer la miraculeuse
Vierge de Boulogne. « Le 15 décembre 1611,

Marie Des Portes, femme de Laurent Tuvenart, maître toilier, demeurant en la Basse-ville de Boulogne, déposa juridiquement, devant la justice mayorale, que Pierre Tuvenart, son fils, étant demeuré perclu de tous ses membres, en suite d'une grande maladie; et ayant été un an entier sans pouvoir remuer, il était revenu dans une parfaite santé, en suite d'une neuvaine qu'elle avait été conseillée de faire pour lui devant la sainte Image. »

L'année suivante, 1612, un autre fait du même genre vint encore augmenter la confiance qu'on avait dans la puissance de la Reine des anges. « Un navire de Calais, appelé le Rossignol, étant sorti de la rivière de Bordeaux, et continuant sa route le long de la côte de France, fut surpris d'une horrible tempête, le premier jour de janvier, à l'endroit du Casque, autrement dit Carnèse. Les matelots étonnés, employèrent en vain, pendant près de deux jours, tout ce que leur art leur pouvait suggérer dans un extrême péril; ce fut pour lors qu'il leur vint en pensée de réclamer l'assistance de Notre-Dame de Boulogne, avec promesse, s'ils échappaient, de lui en faire des remercîmens solennels. Leur piété fut à l'heure même récompensée, la mer devint calme, les vents s'apaisèrent; et peu de jours après, ils vinrent à Boulogne s'acquitter de leur vœu aux pieds de l'Image de celle, à qui ils se sentaient obligés de la conservation de leurs biens et de leurs vies. »

Antoine Gillot rapporte, dans ses mémoires, qu'une femme de Lorraine vint aussi, vers le même temps, en pèlerinage à Boulogne, pour chercher la délivrance des cruelles obsessions auxquelles elle était en proie, depuis plusieurs années.

Une dame catholique d'Angleterre, revenant de faire un pèlerinage à Sainte-Catherine de Rouen, fut assaillie d'une affreuse tempête, au milieu de laquelle les matelots désespéraient de pouvoir maintenir le vaisseau. « Elle, étant seule catholique se souvint en cette grande extrémité qu'elle avait ouï les hérétiques de Londres se moquer de l'Image de Notre-Dame de Boulogne; » elle songea en conséquence à réclamer l'appui tutélaire de cette Vierge des mers, et aussitôt « la tempête cessa et, les vents se tournant, les fit prendre voile au rivage et port de Boulogne, où étant débarquée, vint remercier Dieu et Notre-Dame de Boulogne, en l'église de Saint-Wilmer, où estoit l'Image. »

CHAPITRE XI.

Restauration de la Cathédrale; — Lettre pastorale de l'évêque, Claude Dormy, pour la reconstruction de la chapelle de Notre-Dame; — Dons, offrandes, guérison miraculeuse.

La vieille basilique romaine, dans laquelle les générations précédentes avait vu se presser la foule des pèlerins, s'était considérablement transformée. On avait greffé partout l'architecture ogivale du XVIe siècle au dessus des piliers trapus, sur les chapitaux desquels rampaient les monstres mystiques du XIIe. Des verrières historiées scintillaient de toutes parts. Chacun avait mis la main à l'œuvre, pendant cinquante ans, travaillant pour Dieu, « la bonne Vierge et les saints de Paradis »; les évêques, les chanoines, les particuliers s'étaient mutuellement entr'aidés et stimulés, avec l'espoir de réussir : le succès couronna leurs efforts.

Outre les personnages cités plus haut, nous devons une mention spéciale à Pierre de Parenty, ancien procureur et notaire royal en la sénéchaussée de Boulenois, qui voulut que son cœur fût enterré dans la chapelle du Saint-Sacrement. Il avait, avec d'autres membres de sa famille, « exposé de grand frais » pour faire rétablir cette chapelle, à laquelle il fit plusieurs legs considérables.

Le 4 juin 1620, Claude Dormy, évêque de Boulogne, eut la consolation de bénir la chapelle de saint Jean, qui avait été réparée par le mayeur de la ville, Guillaume Mouton. La chapelle de Notre-Dame était la seule, à laquelle on n'eût pas songé jusqu'à ce moment. Depuis le siége de 1544, l'herbe poussait à loisir sur cette terre de miracles. Le pèlerin lui-même en avait perdu le souvenir.

Il y avait à l'extrémité de l'église, derrière le chœur, un autel de sainte Anne, dont on avait changé le vocable et qu'on appelait l'autel de la Sainte-Vierge. Bien que la sainte Image fût absente, on ne laissait pas de s'y porter avec une grande dévotion. Les registres de la paroisse témoignent que beaucoup de pieux fidèles y venaient faire bénir leur mariage, afin d'attirer sur leur famille la protection de la Mère de Dieu. Louis XIII y communia de la main du cardinal de Retz, le jour de Noël de l'an 1620. L'évêque de Boulogne, justement affligé de voir que l'ancienne chapelle de la Vierge de Boulogne n'avait pas encore été relevée de ses ruines, résolut de faire un appel à la piété de ses diocésains. Nous avons été assez heureux pour rencontrer une copie de la Lettre pastorale qui fut publiée à cette occasion. On y trouvera, suivant la remarque d'un vieil auteur, « l'Histoire de Notre-Dame scellée du sceau épiscopal. »

« Claude Dormy, par la grâce et miséricorde » divine, évêque de Boulogne, à tous les fidèles » qui oïront et liront ces présentes, Salut en » Nostre-Seigneur.

» Voyant à présent et ressentant en Nous même » une grande joie et contentement que l'église de » Nostre-Dame, qui est régie et gouvernée sous » nostre authorité et puissance, de passé presque » détruite par les estranges événemens des guerres, » se va petit à petit restablissant, et que de jour » en jour elle est décorée et embellie par la libéra- » lité des gens pieux et dévots à la Sainte-Vierge, » ce qui donne espérance qu'en bref elle aura » recouvré son lustre et sa première splendeur; » Nous, zélans d'une affection particulière avec » le roi David la maison de Dieu et son honneur, » comme le lieu de sa gloire, Nous avons cru estre » de nostre debvoir et cure pastorale d'exciter par

3

» nos lettres, monitoires et exhortations pastorales,
» les peuples à nous commis, à ce qu'ils veillent
» [veuillent] aider par leurs aumosnes et bienfaits
» à la réparation de l'ancienne Chapelle de Nostre-
» Dame, Patronne de la mesme église, et la
« protectrice de Boulogne;

» Ce que Nous faisons à bon droit, puisque c'est
» la chapelle où reposoit, du passé, l'Image mira-
» culeuse de la Vierge, qui, sous Dagobert, roy
» de France, est arrivée dans un navire au port
» Boulenois, par le ministère et la conduite des
» anges; où elle fut révérée de nos anciens avec
» une foy incroyable et une révérence fort grande;
» qu'ayant lors un siége épiscopal dans Boulogne,
» ainsi qu'il est porté dans nos vieux tiltres; que
» Dieu a daigné illustrer par infinis et continuels
» miracles, en l'honneur de sa Mère, pour aug-
» menter sa gloire, au soulagement et consolation
» des pauvres malades et affligez, avec une quan-
» tité de pèlerins qui sont venus icy par troupes
» de tous les endroits de l'Europe; laquelle
» chapelle les rois et les princes, en actions de
» grâces des bienfaits qu'ils ont receus par les
» prières de la Vierge, ont ornée et enrichie de
» plusieurs dons et de présens très-précieux.

» Car ça esté dans ce lieu sacré que le roy
» Jean, venant d'Angleterre, où il avoit esté mené
» prisonnier, accompagné de ses quatre fils qui
» furent à Calais au devant de luy, rendit ses
» vœux à Dieu et à la Vierge Marie, et, par
» reconnoissance de sa liberté et délivrance receue
» par les intercessions et mérites de la mesme

» Dame, laissa plusieurs rentes et possessions
» moiennant une messe qu'il fonda à perpétuité et
» qui se doit célébrer devant ladite Image pour la
» conservation de sa Majesté, de ses enfants, et
» pour la paix du Royaume de France.

» Nous obmettons icy diverses autres marques
» de l'ardente dévotion et la ferveur des anciens à
» venir visitter ce temple, pour honorer la Vierge,
» devant son Image, jusqu'à l'an 1544; car les
» choses dédiées au culte divin, aussi bien que les
» prophanes, s'envieillissent avec le temps. C'est
» pourquoi Nous voyons encore ce lieu destruit,
» depuis les Anglois, qui prirent cette ville après
» avoir mis le siége devant, estant déjà infectez
» de l'hérésie luthérienne; lequel n'a pu estre
« réparé jusqu'à cette heure par la vicissitude
» estrange des temps et des affaires, etc.

» Donné à Boulogne, l'an 1621, le 21 avril. »
Trois ans après, le jeudi 25 avril 1624, jour
cher aux Boulonnais, parce qu'il était l'anniversaire de la reddition de la ville par les troupes
Anglaises, «Monseigneur de Boulogne dédia l'autel
» et chapelle de la Sainte-Vierge Marie, avec
» Messe et Vêpres en musique. »

Parmi les nobles et généreux bienfaiteurs qui
contribuèrent le plus à la réparation de l'ancienne
chapelle, Antoine Le Roy cite Honoré d'Albert,
duc de Chaulne, maréchal de France, et lieutenant
pour le roi au gouvernement de Picardie. Il
envoya « par forme de vœu, la somme neuf cens
livres, pour être employée aux ouvrages les plus
nécessaires de ce nouveau bâtiment; et il ajouta

à ce don celui de deux chandeliers d'argent du poids de neuf marcs. »

La noblesse de France n'a jamais failli à ce devoir de payer ainsi à Dieu et à sa très-sainte Mère la dîme de ses biens, l'hommage de sa fidélité, le tribut de sa vénération et l'humble aveu de sa dépendance. Tous les dépositaires du pouvoir y gagnaient en autorité: le peuple obéissait plus facilement à ses chefs, quand ils les voyait obéir à Dieu.

En ces temps de foi, tout conspirait à populariser le culte de Notre-Dame de Boulogne. Les magistrats de la ville, aussi bien que les religieux de l'Abbaye et le Chapitre de la cathédrale, offraient aux personnages de distinction, comme souvenirs de voyage, ou comme marque de reconnaissance, des statuettes de Notre-Dame. Ainsi, en 1551, on en présenta une, « richement façonnée, à Marie de Lorraine, femme de Jacques Stuart, V° du nom, roi d'Ecosse et mère de la fameuse Marie Stuart. » Peu après, lorsqu'on s'attendait à l'arrivée de Catherine de Médicis dans notre ville, (1567), les mayeur et échevins firent exécuter à Paris une image d'or de Notre-Dame, afin de l'offrir à cette princesse. La statuette resta, faute d'emploi, dans le trésor de la ville, jusqu'au 6 septembre 1623. On en fit alors hommage à la marquise de Tréfort, femme du connétable de Lesdiguières.

Les honneurs que la terre offrait à la Reine du ciel attiraient chaque jour de nouvelles bénédictions sur les fidèles chrétiens. Antoine Le Roy, nous a conservé le récit de ce qui arriva, en cette même année 1623, à Péronne Caillette, âgée de 55 ans, demeurant à Boulogne. « Une longue et fâcheuse maladie l'ayant réduite à l'extrémité, l'avait laissée dans une si grande langueur et débilité de tous ses membres, qu'elle en était demeurée toute percluse, sans pouvoir aucunement s'en aider. Un prêtre l'étant venu visiter dans cet état pour la consoler, tourna le discours sur l'ancienne dévotion, et l'admirable concours des pèlerins vers Notre-Dame de Boulogne; ce qui ralluma dans le cœur de la malade un désir si grand de visiter encore une fois son Image, et une confiance si ferme d'en obtenir sa guérison, qu'elle en reçut sur le champ une notable et sensible augmentation de forces: en effet, peu de jours après, elle quitta le lit, où elle était auparavant comme attachée, et s'en alla appuyée sur deux bâtons saluer la sainte Image dans le lieu où elle était alors honorée, où après avoir été quelque temps en prières, elle laissa les faibles soutiens qui l'avaient aidée à s'y conduire, et s'en retourna tout-à-fait saine et sans aucune aide, publiant partout dans le transport de sa joie, la grande merveille que Dieu, par l'entremise de sa sainte Mère, venait d'opérer en sa personne. »

CHAPITRE XII.

Rétablissement de l'Image de Notre-Dame dans ses anciens honneurs par l'évêque, Victor Le Bouthillier, le 30 mars 1630. — Miracles, guérisons, pèlerinages divers, 1630—1634.

Victor Le Bouthillier, troisième évêque de Boulogne, prélat recommandable par son zèle pour la discipline ecclésiastique, sa vigilance dans l'administration de son diocèse, le soin qu'il prit d'y publier plusieurs décrets importants du Concile de Trente et d'y établir la liturgie romaine, fut l'homme dont Dieu se servit pour rendre l'Image de Notre-Dame à la vénération des fidèles.

La cérémonie de ce rétablissement fut faite le samedi - saint de l'an 1620; et ce, dit un chroniqueur, par bon avis et mûre délibération de l'évêque et de Messieurs du Chapitre, au milieu de la joie et du contentement indicible de tout le peuple de Boulogne.

On ne s'était pas contenté des informations et des lumières qu'on pouvait trouver dans la ville de Boulogne. La Sorbonne, consultée, répondit par l'organe de ses docteurs « qu'il fallait rendre ses premiers honneurs à cette vénérable relique de l'antiquité et la reconnaître pour l'ancienne et miraculeuse Image de Notre-Dame de Boulogne. Ce fut aussi, ajoute Le Roy, à qui nous devons ces détails, l'avis des Pères Jésuites d'Amiens et de toutes les autres personnes de piété et de doctrine que l'on consulta là - dessus. »

Dans le cours de cet ouvrage, nous avons souvent fait mention des miracles que les anciens documents attribuent à la Patronne spéciale du Boulonnais; mais nous n'avons guère eu de faits particuliers à citer. Le texte de Jean d'Ipres, les lettres de Charles V et de Louis XI, les extraits du Mandement de Claude Dormy et des Registres Capitulaires, enfin le concours empressé des pèlerins, tout prouve que la Reine des anges et des saints avait choisi le sanctuaire de Boulogne pour y faire éclater sa puissance. Que de malades consolés et guéris! Quel poids de chagrins et de peines, apporté de bien loin, et déposé au pied de la Consolatrice des affligés! Tout le triste et long cortége des infirmités humaines s'est acheminé vers Boulogne,

Lieu très-dévot, qui se fait réclamer
Par mainte gent, qui pour ce est consolée.

Qui nous dira les larmes séchées aux yeux des veuves et des orphelins? Qui saura le nombre des enfants rendus à leurs mères, des pères conservés à leurs enfants? Combien de genoux ont plié sur ces dalles, combien de fronts se sont inclinés sous ces voûtes, et se sont relevés plus fermes et plus sereins; combien de cœurs brisés se sont ouverts à l'espérance; combien de grâces et de faveurs, pour cette vie et pour l'autre, sont descendues d'En-Haut, à la prière toute puissante de la Mère de Jésus?

Toutes ces merveilles, nous savons qu'elles ont illustré notre église; mais nous en ignorons le détail. « Les ennemis de la religion catholique,

dit Le Roy, ayant mêlé et confondu les cendres
de nos archives avec celles de nos pères, nous ont
caché, autant qu'ils ont pu, ce qui faisait l'admiration de l'antiquité. » Au reste Dieu n'a jamais
voulu nous laisser connaître toute l'étendue de ses
bienfaits envers l'humanité. On lit dans les saints
Évangiles, que les miracles du Sauveur lui-même
n'ont pas été tous écrits par les disciples : il fallait
qu'il restât encore un peu d'ombre, afin de donner
du mérite à notre foi.

L'historien Le Roy nous ayant conservé le détail
des merveilles arrivées dans son temps, nous devons
en citer quelques unes pour l'édification de nos
lecteurs. « Je n'avance rien, dit-il, que sur des
mémoires fidèles et qui méritent quelque créance.

» Ce n'est pas, au reste, que je veuille faire
passer tout ce que je rapporterai pour des effets
miraculeux. Je sais bien que l'on doit regarder
pieusement la plupart de ces grâces comme des
bienfaits singuliers de la bonté de Dieu et des
assistances extraordinaires de sa main toute puissante, qui fait agir les causes secondes pour les
besoins des hommes quand et comme il lui plaît;
mais je sais aussi qu'on ne doit point publier comme
de vrais miracles les effets les plus surprenants,
jusqu'à ce que l'autorité du Saint-Siége ou l'ap-
probation de l'ordinaire les ait déclarés tels. Ainsi,
comme la plupart des événemens que je vais
rapporter ne sont reconnus pour miraculeux que
par la seule voix publique, je déclare que j'en sou-
mets avec respect le jugement à qui il appartient. »

Ces sentiments du pieux écrivain sont aussi les

nôtres. Témoin oculaire de la plupart des faits qu'il rapporte, Bachelier en théologie de la faculté de Paris, Chanoine de la cathédrale, Archidiacre et official du diocèse, ayant à sa disposition les archives de l'église, le témoignage et le contrôle des générations contemporaines, il rapporte ce qu'il a vu, étudié, apprécié, mûrement examiné : quel meilleur guide pouvions-nous suivre ? De quel droit un impertinent déclamateur viendra-t-il l'accuser de crédulité, et dire que, sous le règne de Louis XIV, dans un siècle qui n'était pas, croyons nous, du moyen-âge, on ne connaissait pas encore « la saine dévotion, celle qui éclaire et console ? »

Nous allons suivre chronologiquement le récit des consolations que la Vierge de Boulogne, apporta, pendant le XVIIe siécle, aux affligés qui recoururent à sa clémente intercession. Toutefois, dans la crainte de fatiguer le lecteur par des détails trop étendus, nous emprunterons nos extraits aux diverses éditions de *l'Abrégé*, publiées par le même auteur.

En 1630, pendant l'octave de Pâques, peu de jours après le rétablissement de l'Image, Louis Fontaine, fils d'Adrien, et de Diane Colombel, fut guéri d'une paralysie, à la suite d'un vœu de sa mère. « Il était tombé depuis trois ans dans une paralysie générale de tous ses membres, qui avait cela de particulier, que quelquefois les parties de son corps étaient molles et flexibles comme si elles eussent été sans os, et quelquefois elles devenaient si raides et si engourdies, qu'elles ne pouvaient pas plier. Il avait même, sur la fin, tout-à-fait perdu l'usage de la parole. Sa mère, qui avait évité autrefois, par la protection de la Sainte - Vierge, les accidents d'une chute qu'elle avait faite dans le septième mois de sa grossesse, implora la même protection pour son fils. Elle promit que, s'il recouvrait la santé par les mérites de cette divine Mère, elle le mènerait dans sa chapelle, vêtu de blanc, nu - pieds et un cierge à la main. A peine eut-elle formé ce vœu que l'enfant recommença à parler ; le lendemain il se leva, et en fort peu de temps il se vit en état d'accomplir le vœu en la manière que sa mère l'avait conçu, avec cette circonstance néanmoins que, marchant avec elle, et étant prêt d'entrer dans l'église, il sentit une faiblesse universelle dans tous ses membres qui le rendit comme immobile ; mais ayant répété par trois fois, après sa mère : *Sainte - Vierge, priez votre fils Jésus qu'il me donne la force d'accomplir mon vœu,* il s'échappa de ses mains, et la devança dans l'église, sans avoir depuis ressenti aucun reste d'infirmité. »

En 1631, « Jean Maréchal, natif du village d'Hidrequen, en Boulonnais, tomba, à l'âge de 25 ans, dans une défaillance générale de tous ses membres, après une maladie compliquée qu'on attribuait à quelque maléfice. Un an entier s'écoula sans qu'il pût sortir du lit, ni même remuer les jambes, lesquelles, par succession de temps, se collèrent tellement ensemble qu'il fut impossible de les séparer. Pour surcroît d'affliction, il ressentit les douleurs aiguës de la pierre, dont il avait été jusqu'alors exempt. Ce fut inutilement qu'il employa toutes sortes de remèdes naturels : ils ne servirent qu'à lui faire connaître qu'il avait besoin d'un secours extraordinaire pour sortir du triste état où il était réduit. Il le trouva dans la confiance qu'il eut au pouvoir de Notre Dame de Boulogne. Dès le troisième jour d'une neuvaine qu'il voua, et qu'il accomplit en personne, ses jambes se séparèrent et reprirent tellement leurs forces qu'au moyen de deux potences il put se soutenir dessus. Il n'en eut plus besoin dans la suite, et il les suspendit avec joie devant l'image de sa bienfaitrice, en témoignage de sa reconnaissance, le 8 de juin, jour de la Pentecôte de l'année 1631. »

Le 12 décembre 1631, François Fricot et Marie Drinquebierre, demeurant au bourg de Samer, assistés du doyen et du Chapelain de ce bourg signèrent une attestation constatant la guérison du jeune Antoine Fricot, leur fils, atteint de paralysie à l'âge de 12 ans. La mère de l'enfant, ayant appris la guérison de Louis Fontaine, résolut de faire faire une Neuvaine à Notre-Dame de Boulogne. Ce pieux exercice ne fut pas plustôt commencé « que le malade se trouva dans une meilleure disposition, laquelle, s'augmentant de jour en jour, devint parfaite, au bout d'une seconde neuvaine qu'il accomplit luy même, en montant tous les jours à pied de la ville-basse en la chapelle de la Sainte-Vierge. »

A la même époque, « le père Alphonse de Montfort, religieux Capucin, vicaire du couvent de Boulogne, fut guéri d'une rupture dont il était af-

fligé depuis six ans, et qui avait été jugée incu-
rable par les chirurgiens les plus experts ; et, par
un surcroît de faveur, il se trouva en même temps
délivré d'une autre incommodité dont il était tra-
vaillé depuis près de vingt ans. Il reçut ce double
bienfait par l'intercession de Notre-Dame de Boulogne, dans le temps même qu'il en composait
l'ancienne histoire, qui nous a servi de modèle
dans la composition de la nôtre. Il méritait bien,
ce me semble, de recevoir cette récompense de
celle à qui il consacrait ainsi ses plus précieux mo-
ments. Messire Victor Le Bouthillier, pour lors
évêque de Boulogne, voulut en célébrer lui-même
une messe solennelle d'actions de grâces, le samedi
13 décembre 1631. »

1632.— « Isabelle Mennin, femme de Jacques
Briffault, de la basse-ville de Boulogne, était ac-
couchée, après un long travail, d'un enfant qui
n'avait ni mouvement, ni respiration, ni aucun
signe de vie. Ce petit corps fut vu d'un chacun,
dans cet état, l'espace d'une heure entière. Cependant la sage-femme, ayant été inspirée de faire un
vœu à Notre-Dame de Boulogne, et le vœu ayant
été ratifié sur le champ par la mère désolée, l'enfant ouvrit les yeux, pleura et donna toutes les
autres marques de vie, au grand étonnement des
assistants qui en firent leur déposition. »

Nous rencontrerons plusieurs fois, dans le cours
de cette histoire, la mention de semblables faveurs
obtenues par l'intercession de Notre-Dame de Boulogne. Pour qui sait apprécier la grâce insigne du

baptême, il n'y a pas lieu de s'étonner que Dieu
rende la vie à ces petits êtres, afin que la sainte
Église les fasse enfants de Jésus-Christ. Quel que
soit le sort réservé aux enfants morts sans baptême, il est certain qu'ils ne jouiront jamais de la
vue du Père céleste. Une mère chrétienne peut-
elle se résigner sans tristesse à la pensée de ne pas
procurer la vie de l'âme à ceux qui ont reçu d'elle,
ne fût-ce que pour un instant, la vie du corps ?
De nos jours, malheureusement, on y songe bien
peu.

Un homme du pays de Vimeux, Jean Fournier,
demeurant au village de Feuquières, souffrait
d'une maladie très-violente, depuis plus d'un an
et demi. Ayant eu la pensée de faire un vœu à
Notre-Dame de Boulogne, « il fut entièrement délivré de tous ses maux. C'est ce qu'il a certifié
lui-même par acte public, le 18 de juin 1633,
lorsqu'il est venu à Boulogne s'acquitter de son
vœu. »

On a dit que les procès-verbaux de ces guérisons
attestent la crédulité de ceux qui les ont signés :
heureux les malades qui peuvent être crédules de
cette façon !

» Marguerite De Lattre, fille de Dominique,
sieur d'Ausque et de damoiselle Jacqueline Le
Clerc, demeurant à Boulogne, fut guérie d'un ul-
cère invétéré, après une neuvaine de messes célébrées à son intention devant la sainte Image,
(février 1634.)

CHAPITRE XIII.

Hommage du cœur d'or, au nom de Louis XIII et de Louis XIV, 1647; — Guérisons, offrandes et pèlerinages, 1655 — 1678.

Les rois François II, Charles IX, Henri III et Henri IV avaient négligé de payer à la Vierge de Boulogne l'hommage qu'ils lui devaient à leur avénement. Louis XIII était mort aussi, sans que les promesses qu'il avait faites à ce sujet eussent été réalisées. Ce n'était pas faute de démarches de la part du Chapitre, mais plutôt, comme dit Antoine Le Roy, « une négligence affectée de la part des officiers mal disposés à cet égard. » Un arrêt du conseil d'état, rendu le 10 mars 1615, avait reconnu formellement le droit de l'Église de Boulogne. On déclarait expressément que « le roi, en son dit conseil, voulait accomplir ce qui était des bonnes et saintes intentions des rois ses prédécesseurs; » mais, malgré l'ordonnance, par laquelle Louis XIII enjoignait à l'intendant des Eaux et Forêts de faire faire une coupe de bois extraordinaire dans les forêts du comté, afin de réunir la somme due, l'affaire resta toujours à l'état de promesse.

L'historien de Notre-Dame fait remarquer avec amertume que ce qui arriva, sous Louis XIII, *est assez ordinaire en ces sortes d'occasions.*

A l'avénement de Louis XIV, les instances redoublèrent. Anne d'Autriche, qui avait obtenu de la Sainte - Vierge, après vingt - trois ans de stérilité, un héritier direct de la couronne, se montra plus empressée d'acquitter les dettes de religion contractées par la maison de France. Après des négociations qui durèrent trois ans, l'hommage du cœur d'or fut enfin définitivement accordé, par le roi en conseil de Régence, tant en son nom qu'en celui de Louis XIII, à condition que la somme de douze mille livres, assignée à cet effet, serait employée à la construction d'un autel et d'une clôture de marbre, pour le chœur de la cathédrale, (1647).

L'autel du chœur, commencé en 1653 et achevé en 1656, formait, avec sa clôture, « une des plus riches décorations de la cathédrale. Outre les fleurs de lys et les chiffres de Leurs Majestés, dont l'ouvrage était parsemé, suivant le témoignage d'Antoine Le Roy, on y voyait représentés derrière l'autel, ces deux princes, (Louis XIII et Louis XIV), à genoux, offrant chacun un cœur à Nostre-Dame de Boulogne, » avec une inscription commémorative.

En 1655, « un pauvre homme de la ville de Calais, nommé Pierre Plet, incommodé d'une hanche ayant entrepris de faire le pèlerinage de Boulogne avec deux potences, fut tout surpris de ce qu'arrivant à Wimille, village distant de cette ville d'environ une lieue, il n'en avait plus besoin, et de ce que Celle dont il venait réclamer le secours dans son église l'avait exaucé avant même qu'il y fût arrivé ; il ne laissa pas de poursuivre son chemin, et portant entre ses mains ce qui avait servi à le porter, il entra joyeux dans la chapelle, où il fit ses actions de grâces, et attesta cette merveille en présence de plusieurs témoins dignes de foi, le 1er jour du mois d'avril.

» En la même année, et le 29 du même mois, Josse Cucheval, marchand de la ville de Montreuil, vint remercier Notre-Dame de Boulogne de ce qu'après lui avoir intérieurement adressé un vœu, il avait à l'instant recouvré l'usage de la langue et la liberté d'un bras, dont il était demeuré perclus par une indisposition subite que tous les remèdes n'avaient pu guérir. Il signa l'acte de reconnaissance avec la main dont il venait de recouvrer l'usage.

» On regarda aussi comme un effet extraordinaire de l'intercession de la Sainte-Vierge ce qui arriva l'an 1655, à Robert Pennier, âgé de 12 ans, fils de Gilles Pennier, matelot de la ville de Calais. Ayant perdu l'usage de ses jambes par une engelure invétérée, où tout l'art de la chirurgie avait été vainement employé, il fit vœu d'aller en pèlerinage à Boulogne. Pour l'exécuter, il se mit en marche, soutenu sur deux potences, ce qu'il n'avait pu faire jusqu'alors. Etant arrivé sur une éminence d'où l'on commence à découvrir le clocher de l'église de Notre-Dame, il y fit sa prière, et aussitôt il reconnut qu'il n'avait plus besoin de ses béquilles ; c'est pourquoi il en chargea sa mère, et d'un pas leste il acheva son pèlerinage. On en dressa, le 6 juin de la même année, un procès-verbal en bonne forme, signé de lui, de sa mère et de quelques autres témoins dignes de foi, après visite faite des jambes du malade guéri, et l'attestation des sieurs Bénard et Harpalain, chirurgiens de la ville de Calais, qui l'avaient traité dans sa maladie. »

Pour que rien ne manque à la gloire de cette Vierge des mers, de cette consolatrice de toutes les infortunes, il nous est donné de faire paraître la mémoire d'une grande reine, fille, femme et mère de rois puissants ; de citer parmi les bienfaitrices de Notre-Dame de Boulogne HENRIETTE-MARIE DE FRANCE, dont les malheurs ont été si éloquemment racontés par Bossuet. Cette princesse donna, en 1657, « un beau et grand ciboire de vermeil doré, ciselé, en reconnaissance de quelques grâces reçues du ciel par les mérites de Notre-Dame de Boulogne, qu'elle n'a jamais manqué de visiter, avec une grande dévotion, toutes les fois qu'elle a passé par cette ville.

» Le 26 septembre 1658, damoiselle Suzanne Le Camus, de cette ville de Boulogne, affligée depuis longtemps d'une douleur à la hanche, qui l'empêchait de marcher autrement qu'à l'aide de deux potences, se trouva heureusement guérie en faisant ses prières devant l'Image miraculeuse. Elle y laissa ses potences et retourna chez elle d'un pas libre et assuré. Peu de jours après on chanta une messe solennelle pour remercier la Sainte-Vierge de cette faveur insigne, dont tout le monde était instruit. »

» Le 15 juin 1671, une pauvre femme de la ville de Calais, Anne Sire, vint faire dire la messe devant Notre-Dame de Boulogne et assura qu'ayant été paralytique pendant six mois, et n'ayant pu tirer aucun soulagement des remèdes que les médecins lui avaient ordonnés, elle avait trouvé tout d'un coup sa guérison dans l'invocation de cette Vierge, à qui elle en venait faire ses remercimens. »

Le 12 juin 1672, au passage du Rhin près du fort de Tolhuis, un cavalier Français, sur le point de périr, appelle à son secours Notre-Dame de Boulogne. Aussitôt, dit l'historien, il croit entendre une voix qui l'exhorte à prendre courage, en l'assurant que bientôt il abordera heureusement à terre. « Il s'y trouva en effet peu après, et depuis il est venu en personne en rendre ses actions de grâces devant l'Image de sa libératrice. »

CHAPITRE XIV.

Guérison constatée par l'autorité épiscopale; — Marins délivrés du naufrage; vœu du sieur Faulconnier, en 1696.

Tous ces faits, attestés par ceux qui en ont été les heureux témoins, et recueillis par l'historien Le Roy, du vivant même des personnes intéressées à réclamer s'il y avait eu quelque inexactitude dans son récit, n'ont pas été toutefois l'objet d'une information régulière et canonique. « Mais voici, au rapport du même auteur, une guérison qui a fait plus de bruit dans le pays : aussi ren-

ferme t-elle plusieurs miracles, et c'est un exemple
des plus mémorables et des plus avérés du soin
maternel de la Sainte - Vierge pour les personnes
voisines du lieu, où elle ne cesse de faire ressentir
la grandeur de son crédit à ceux qui y recourent
dans leurs besoins. »

» Marie Sergeant, fille de Philippe Sergeant,
ancien échevin et juge-consul de la ville de Calais,
et d'Alix du Rosel, travaillée depuis cinq ans de
plusieurs maux compliqués que tous les remèdes
humains ne faisaient qu'aigrir, mit enfin toute sa
confiance en Notre-Dame de Boulogne, à qui elle
se sentait déjà obligée de quelque faveur qu'elle en
avait reçue dans son enfance. Elle voua une
Neuvaine de messes devant l'Image miraculeuse,
et elle voulut même y assister, contre l'avis des
médecins, qui ne la jugeaient point en état d'entreprendre ce voyage. Le huitième jour de la Neuvaine, qui était le 13 septembre 1674, comme
elle se disposait à communier dans la chapelle où
elle s'était fait porter, elle fut tout étonnée qu'après
un tremblement soudain et des douleurs aiguës,
suivie d'une sueur et d'une faiblesse extraordinaires, toutes ses infirmités la quittèrent en un
instant. Les nerfs et les muscles de la hanche, dont
elle souffrait depuis longtemps une fâcheuse con-
traction, devinrent souples, et la jambe, qui en
était diminuée d'un demi-pied, se trouva égale à
l'autre. L'œil droit, qui était tout rétréci et retourné
par la violence des mouvements convulsifs qu'elle
avait essuyés, reprit sa figure ordinaire; tous les
autres membres reprirent leur situation naturelle

et recouvrèrent leur première force ; les vomissements presque continuels dont la malade était tourmentée, cessèrent depuis ce jour-là ; et, ce qui a paru plus singulier à ceux qui ont examiné les circonstances de cette guérison, un cautère qu'elle avait actuellement à la jambe se sécha et se referma tout-à-coup, sans laisser d'autre vestige que la cicatrice. Personne ne douta qu'une guérison si soudaine et si parfaite ne fût l'effet d'une vertu surnaturelle. Néanmoins, pour ôter aux ennemis de notre religion tout soupçon d'une créance trop légère, messire François Perrochel, alors évêque de Boulogne, dont la mémoire est en bénédiction, en fit faire une information exacte par M. Oudard Hache, chanoine et trésorier, depuis archidiacre de cette église, et, de l'avis de messieurs Porcher, Grandin, Dumetz, de La Planche et de Boulogne, docteurs en théologie de la faculté de Paris, à qui l'information fut envoyée, avec la déclaration des médecins et chirurgiens, il fit publier cette guérison par tout son diocèse, comme un vrai et incontestable miracle obtenu par l'intercession de Notre-Dame de Boulogne, ordonnant même qu'il s'en fit une solennelle action de grâces dans la cathédrale par le chant du *Te Deum*, précédé d'une procession générale, où devait assister et assista tout le clergé séculier et régulier de la ville de Boulogne.

» Ce fut le premier jour de décembre de l'an 1675 que se fit cette pieuse cérémonie ; et, comme souvent la reconnaissance d'un bienfait en attire un autre, Jacqueline Courtois, veuve de Toussaint

Descamps, du village d'Eschinghen, crut que son
enfant, qu'elle y avait apporté, pourrait recevoir
une pareille grâce par la même intercession, qu'elle
implora humblement. C'était une petite fille âgée
de huit à neuf ans, percluse de tous ses membres
depuis le jour de sa naissance. La vertueuse veuve
reçut sur-le-champ la récompense de la simplicité
de sa foi : elle eut la joie de voir qu'ayant mis sa
fille à terre, elle marcha jusqu'au balustre, et suivit la procession d'un pas fort libre, après quoi
elle la reconduisit du même pas dans sa maison, en
la tenant simplement par la main. C'est ce qu'elle
a attesté par devant nous, le 19 novembre 1678.

Ce qui est arrivé au sieur Nicolas de Roberly,
secrétaire de monsieur le comte d'Estrées, vice-
amiral de France, était de plus fraîche date,
lorsque Le Roy publia son Histoire. « Il se trouva
engagé dans ce malheureux naufrage qu'une partie
de notre flotte fit, le onzième de mai de l'année
1678, proche de l'île des Oiseaux, à la hauteur de
Colossol et Bonnaire, dans l'Amérique, où nous
perdîmes douze gros vaisseaux, et où périrent
neuf cents hommes. Au milieu de cette consterna-
tion presque générale, où chacun s'abandonnait à
la merci des eaux, sans espérer de ressource, il fut
inspiré, avant que de se jeter en mer, de faire un
vœu à Notre-Dame de Boulogne, qui lui était fort
connue, à cause du voisinage de Montreuil, lieu de
sa naissance, et promit de visiter dévotement son
église, s'il plaisait à Dieu, par son intercession,
de lui donner les moyens de gagner terre. Ayant
achevé de former son vœu, il se jeta avec confiance

au milieu des eaux, et s'attacha, l'espace de huit
heures entières, à un bout de planche de la longueur
d'un bras; il fit, avec ce faible support, deux
grandes lieues de mer, jusqu'à ce qu'enfin il fut
secouru et mené à bord par quelques-uns de ceux
qui s'étaient sauvés du naufrage. Il vint à Boulogne
six mois après, remercier Celle à qui il se croyait
redevable de la vie, et fit une déclaration de tout ceci,
en présence de M. Samson de la Planche, docteur
en théologie, chanoine de l'église cathédrale,
vicaire général de l'évêché, et de M. Matthias
Morlet, aussi chanoine et pénitencier de la même
église; Nous, étant alors official, en avons reçu
l'acte le neuf novembre de la même année.

» Un an après, Michel Colombel, de la ville de
Calais, maître d'un navire nommé *le Saint-Jean
de Dieppe*, et cinq matelots avec lui, furent
garantis du naufrage d'une manière qui leur donna
autant d'admiration que de reconnaissance. Ils ont
solennellement attesté qu'au mois de mai 1679,
faisant voile pour La Rochelle, ils furent assaillis
d'une effroyable tempête, au travers des rochers
de Glenan, sur la côte de Bretagne. L'orage
dura près de deux jours, et le vaisseau ayant été
démâté dès le commencement, le pilote se vit
contraint de le laisser aller au gré des vents, et de
s'abandonner à la merci des flots. Dépourvu de
tout secours du côté de la terre, il crut qu'il fallait
uniquement l'attendre du ciel : il le demanda avec
instance à Celle qui en est la Reine, et il promit
que s'il le recevait par son crédit auprès de Dieu,
il irait l'en remercier dans sa chapelle de Boulogne,

et lui présenterait un tableau en actions de grâces. Sa prière fut exaucée: le vent, jusqu'alors contraire, changea tout-à-coup, et servit à leur faire doubler la roche nommée *les juments*, qu'ils appréhendaient le plus, et où ils ne pouvaient manquer de périr, sans ce changement de vent, qui se remit ensuite comme auparavant, jusqu'à ce que, venant à se calmer le soir, il leur donna le moyen d'aborder au port de Quimperlé. Le vœu fut accompli, quoique long-temps après, par celui qui l'avait fait: il est venu avec Pierre Brimont, autre maître de navire de Galais, suspendre, à l'entrée de l'église de sa libératrice, la peinture du péril qu'il avait encouru.

» Nous avons divers autres témoignages, et beaucoup plus récents, de l'efficacité des vœux de ceux qui, dans de semblables disgrâces sur la mer, ont eu recours à la Sainte-Vierge et promis de venir honorer son Image miraculeuse à Boulogne; et nous nous croyons d'autant plus obligés d'en faire ici le récit, que des exemples de protection visible si connus sont capables d'inspirer la même confiance aux gens de mer du pays, qui courent les mêmes hasards sur ce terrible élément.

» En 1694, le sieur Herpin, capitaine d'une frégate du roi nommée l'*Audacieuse*, se trouva dans un danger imminent de périr de faim et de misère avec son équipage vers le Togreban; la tempête et le mauvais temps, qui avait duré plus de vingt-cinq jours, avait causé plusieurs maladies dans son vaisseau; il manquait de vivres et de remèdes, et il n'y avait plus à attendre qu'une

longue et triste mort pour sortir d'un si pitoyable
état. Se voyant réduit à la dernière nécessité,
il prit le parti de s'adresser à Notre-Dame de
Boulogne, et de lui faire un vœu. Aussitôt après il
fut joint d'une autre frégate, qui lui donna tous les
rafraîchissements dont il avait besoin; ensuite de
quoi son vaisseau ayant encore essuyé quelques
risques, il aborda heureusement à Dunkerque le
8 septembre, jour de la Nativité de la Sainte-Vierge.
Ce capitaine et la meilleure partie de son équipage
vinrent à Boulogne, le 19 du même mois, honorer
la puissante protectrice à laquelle ils se sentaient
obligés de leur conservation, et certifièrent tout
ce que dessus.

» Le sieur Augustin Le Roi, lieutenant de
vaisseau, rendit les mêmes devoirs à la Sainte-
Vierge le 15 juillet de l'année suivante. Il rapporta
qu'étant dans le Nord, au mois de mars 1695, il
s'était trouvé, lui et son équipage, dans le dernier
péril, ce qui l'avait porté à faire un vœu à Notre-
Dame de Boulogne. Il en obtint tout ce qu'il
désirait, et il ne fut pas plus tôt arrivé à bon port
qu'il se mit en devoir de s'acquitter de son vœu,
ayant fait ses dévotions dans la chapelle, et signé
ensuite sa déposition.

» Le 21 septembre 1696, le sieur de Bassemes-
son, capitaine, et tout son équipage, après avoir
été délivrés d'un très-grand danger de la mer par
le même moyen, y vinrent aussi donner des témoignages de leur reconnaissance. Celle de Jean Poulet,
capitaine d'une petite barque de Calais, fut rendue
publique par l'offrande d'un grand cœur d'argent,

qu'il vint faire dans la même chapelle, accompagné de neuf à dix matelots, pour l'acquit de leur vœu commun, et en actions de grâces de l'heureux succès de leur course sur mer.

» Il y a quelque chose de remarquable pour sa singularité, en ce qui arriva à Jean Formentin, capitaine d'un petit navire du Hâvre-de-Grâce. Il en était parti le 11 février 1700, et approchait de la côte de Dannes, à quatre lieues de Boulogne, quand il fut surpris d'une si rude tempête, qu'après avoir employé tout ce que l'expérience de la marine lui put suggérer, il crut ne pouvoir échapper au naufrage sans quelque assistance extraordinaire. Il implora celle de Notre-Dame de Boulogne, et il en éprouva les effets, lorsque lui et ses compagnons effrayés ne savaient plus ce qu'ils en devaient espérer. Ayant été contraints de se jeter à la côte, le vaisseau fut renversé en touchant terre, et tous ceux qui étaient dedans se trouvèrent couverts des vagues et du bâtiment, sans qu'il leur fût possible de rien voir, jusqu'à ce qu'un coup de vent favorable remit le navire sur sa quille; et les matelots avec leur capitaine s'étant jetés à la nage, arrivèrent tous heureusement au rivage. Incontinent après, ils accoururent à Boulogne dans le même état où ils étaient en se sauvant, visitèrent la montagne sainte, d'où ils croyaient que le secours leur était venu, et y signèrent l'acte qui en fut dressé le 16 du même mois.

» Les anciens inventaires de la Trésorerie font mention de figures d'enfants, d'argent émaillé, offertes par des personnes de qualité; et dans ces

3*

dernières années on en a aussi apporté plusieurs dans la chapelle, tant en cire qu'en argent ; ce qui montre que de tout temps Notre-Dame de Boulogne s'est plu à assister extraordinairement les femmes mariées, soit dans la disgrâce de la stérilité, soit dans les dangers de la grossesse, soit dans les difficultés de l'enfantement.

» Au mois de juin 1693, il fut présenté un enfant de fin or, de la part de Barthélemi de Meleun, chevalier, seigneur d'Illy et de Domicour, demeurant à Amette, en Artois, pour lequel fut en même temps célébré une messe en accomplissement de son vœu.

» L'offrande du sieur Faulconnier est une des plus récentes, et l'événement qui y a donné occasion mérite d'être ici détaillé. C'était un négociant de la ville de Dunkerque, conseiller de la Chambre de Commerce et commissaire du roi de Danemark. Il avait épousé Marguerite Cardon, d'une famille honorable de Saint-Omer, et depuis six ans qu'il vivait avec elle, le ciel n'avait pas encore favorisé leur mariage de ses bénédictions. Son emploi l'ayant obligé de voyager souvent en cette ville, il était instruit du culte particulier qu'on y rend à la Sainte-Vierge. Il avait même visité plusieurs fois sa chapelle avec édification, et les monuments de piété qu'il y avait remarqués lui avaient inspiré une dévotion des plus tendres pour Notre-Dame de Boulogne. Étant donc plein de confiance dans le crédit de cette puissante thaumaturge, il s'adressa à elle pour obtenir la fécondité de son épouse. Il lui promit, s'il était exaucé, d'aller nu-pieds depuis le pont de Marquise jusqu'à sa chapelle (ainsi que le pratiquaient la plupart des pèlerins de Flandre), d'y faire célébrer une messe solennelle, et d'y offrir un enfant d'argent. L'humble prière du zélé serviteur de Marie ne manqua point de pénétrer les cieux. Son épouse conçut et mit heureusement au monde un garçon. Néanmoins la joie que causa sa naissance fut bientôt troublée par la crainte de le perdre. Peu de temps après, cet enfant de grâce parut toucher à sa fin. Il était violemment agité par de fréquentes convulsions. A peine lui restait-il quelques signes de vie, et l'on n'attendait plus de lui qu'un dernier soupir. Dans cette fâcheuse extrémité, son triste père, qui le tenait entre ses bras, espéra contre toute espérance. Il s'adressa de rechef à Notre-Dame de Boulogne, et lui demanda avec empressement la conservation de son fils dont il était redevable à son intercession. Sa généreuse bienfaitrice ne voulut pas l'obliger à demi. Elle mit le comble à la première faveur qu'il en avait reçue, en sauvant de la mort celui à qui elle avait d'abord procuré la vie. En peu de jours il fut parfaitement guéri, et ses parents, pour en témoigner leur reconnaissance, non contents d'acquitter leur premier vœu, firent chanter devant l'Image de la Sainte-Vierge, une seconde messe en actions de grâces. Ce fils si cher et si précieux à sa famille a joui long-temps d'une ferme santé, et sa naissance a été suivie de celle de deux filles.

CHAPITRE XV.

*Protection de Notre-Dame de Boulogne contre la
peste;—Pèlerinages accomplis par les paroisses de
Sangatte, de Licques, de Saint-Pierre-lès-Calais,
de N.-D. de Calais, de Samer, de Wissant, de
Guînes, d'Oye, de Preures, d'Hucqueliers, de
Wimille, de Courset et autres, 1697—1789.*

Bossuet a dit quelque part que « les grandes
prospérités nous aveuglent, nous transportent,
nous égarent, nous font oublier Dieu, nous-
mêmes et les sentiments de la foi. » Aussi, est-ce
principalement dans les grandes calamités que la
foi des peuples se réveille. Lorsque la main de
Dieu s'appesantit sur la terre; quand on désespère
de tous les secours humains, c'est alors qu'on lève
les yeux en haut, pour demander avec larmes au
Dieu de miséricorde et à la Vierge clémente, le
pardon, l'indulgence et la paix.

De tous les fléaux que Dieu emploie pour rame-
ner à Lui les peuples égarés, il n'en est point de
plus redoutable que la peste, sous les différentes
formes avec lesquelles elle promène ses ravages
dans l'humanité. Nos temps modernes l'ont vue
disparaître, momentanément du moins, pour faire
place à une autre épidémie dont l'action n'est pas
moins cruelle : mais, au moyen-âge, et dans les
derniers siècles, elle se montrait à de fréquents
intervalles ; et, suivant l'expression du poète, elle

répandait partout la terreur. Notre ville a souvent payé un tribut fatal à cette terrible messagère du courroux céleste. Les populations consternées s'enfuyaient à son approche : en 1625 et en 1636, de nombreuses familles sortirent des murs, pour aller camper sous des tentes, aux environs de la ville.

Notre-Dame de Boulogne, comme on a pu le voir dans les chapitres précédents, a plusieurs fois adouci, en faveur de son peuple, les rigueurs de ces effrayantes calamités. « Cette dangereuse maladie, qui frappe indistinctement toutes sortes de personnes, a su quelquefois distinguer ceux qui s'étaient réfugiés entre les bras de cette Vierge, et n'a pas osé les attaquer. Ayant fait de grands ravages dans la ville de Boulogne, l'an 1625, elle s'apaisa tout-à-coup, en suite d'une neuvaine que l'on fit à cet effet devant l'Image miraculeuse. L'an 1636, la même maladie ayant reparu dans le pays, diverses personnes eurent encore recours à son intercession, et en ressentirent les effets salutaires, ainsi qu'il est attesté par les déclarations qu'elles firent en venant lui rendre leurs très-humbles actions de graces.

« On a toujours cru devoir attribuer à un effet visible de la même protection un événement arrivé en 1666. Lorsque la peste infectait toutes les places voisines de Boulogne, celle-ci en fut heureusement préservée, à l'exception d'une seule maison de la basse-ville, que plusieurs personnes fréquentèrent habituellement, sans qu'aucune y prît le mauvais air. Il n'y a personne qui ne se souvienne qu'en ce temps-là les habitants ne se précautionnaient pas assez contre un mal si dangereux et si prochain, et qu'ils gardaient peu soigneusement les avenues de leur ville; mais l'intercession de Celle qui a établi son trône dans l'enceinte de ses murailles, et dont l'image orne toutes ses portes, valait mieux que toutes les précautions humaines; d'ailleurs les prières publiques que l'on faisait tous les jours dans l'église cathédrale étaient encore un puissant préservatif contre cette maladie.

» Dans ces temps de calamités publiques, au milieu des maladies contagieuses de différentes espèces, plusieurs paroisses du diocèse de Boulogne avaient fait au ciel des vœux et des promesses. Ç'a été pour s'en acquitter que, depuis quelques années, tant de personnes sont venues processionnellement honorer l'Image de la Sainte-Vierge. Le temps assez considérable qui s'était écoulé depuis ces vœux n'avait point effacé le souvenir des grâces reçues dans ces jours d'affliction : un juste sentiment de reconnaissance a réveillé les esprits; le zèle s'est ranimé; les paroisses de Notre-Dame et de Saint-Pierre de Calais, de Marck, d'Oye, de Guempe, de Sangatte et de Bonningues, du Pays reconquis, de Licques, de Preure, de Samer, de Desvrenne et de Wissant, sont venues, sous la conduite de leurs pasteurs, rendre à Dieu leurs solennelles actions de grâces, et se mettre, par de nouveaux hommages, sous la sauve-garde particulière de la protectrice du diocèse et de toute la province. '»

Le Roy, qui écrivait ces lignes en 1704, n'a

pas cru devoir entrer dans le détail de ces pèlerinages. Pour nous, qui, à un siècle et demi de distance, avons vu se renouveler la même foi et la
même ardente piété dans les populations de notre
pays, nous ne pouvons nous contenter de ces simples indications. Il faut redire aux générations
contemporaines quels ont été les exemples donnés
alors à l'Église et au monde par la dévotion de
leurs ancêtres.

On remarquera que ce ne sont pas toujours les
paroisses proprement dites, mais les confréries
paroissiales, et principalement celles de Saint-
Pierre, qui ont accompli ces pieux pèlerinages.
Il est utile de savoir que les confréries de Saint-
Pierre, instituées d'abord dans la ville de Calais,
puis successivement à Boulogne et dans beaucoup
de paroisses du diocèse, à la fin du XVIe siècle,
avaient pour but l'assistance des malades, dans
leur agonie, et le soin de leur faire donner une sépulture honorable et chrétienne. Plus que les autres fidèles, les confrères de Saint-Pierre avaient
à redouter l'influence des maladies contagieuses :
aussi ne doit-on pas s'étonner s'ils eurent plus de
reconnaissance à témoigner envers la puissante
Patronne, qui les avait protégés dans l'exercice de
leur charitable ministère.

Les habitants du village de Sangatte ont donné, en 1686, le signal des pèlerinages de ce genre,
à la fin du XVIIe siècle. Le mardi de Pâques, 16
avril, dit Antoine Le Roy, « on les a vus venir
processionnellement à Boulogne, au nombre de
cinquante confrères, accompagnés du clergé de la

paroisse, implorer l'assistance de la Sainte-Vierge, en l'honneur de laquelle ils firent célébrer une messe en musique, s'acquittant ainsi d'un vœu qu'ils avaient fait dans le temps de quelque maladie populaire. »

Un chroniqueur Boulonnais, Antoine Scotté, sieur de Velinghen, personat de Bezinghen et d'Embry, nous a conservé une note exacte des pèlerinages qui ont eu lieu dans les dernières années du siècle. C'est un document qui nous a paru assez important pour être reproduit en son entier.

« Le 28 mai 1697, la confrérie de Saint-Pierre de Licques vint à Notre-Dame de Boulogne en procession, avec croix et bannières ; avec grande affluence de peuple, où elle lui rendit ses hommages, où elle fit chanter une messe solennelle ; ensuite elle fut à Saint-Nicolas de la basse-ville de Boulogne, puis de là elle fut implorer le secours de saint Adrien, à Bainethun.

Le 14 juin 1697 la confrérie de Saint-Pierre, de la basse-ville de Calais, vint en procession à Notre-Dame de Boulogne, avec croix et bannières, avec grande affluence de peuple ; où elle fit chanter une messe solennelle, puis elle s'en fut à Saint-Adrien de Bainethun.

» Le 17 juin 1697, les confréries de Saint-Pierre et de Saint-Roch, de la ville de Calais, vinrent en procession, avec croix et bannières, et grande affluence de peuple ; où ils firent chanter une messe solennelle ; ensuite s'en furent à Saint-Adrien de Bainethun.

» Le 24 juin 1697, la confrérie du Saint-Rosaire

et celle de Saint-Pierre de Samer vinrent en procession à Notre-Dame de Boulogne, avec croix et bannières, et beaucoup de peuple; où ils firent chanter une messe solennelle, puis furent à Saint-Adrien de Baincthun.

» Le 21 juillet 1697, la confrérie de Saint-Pierre, de Wissant vint en procession avec croix et bannières à Notre-Dame de Boulogne, avec grande affluence de peuple, où ils firent chanter une messe solennelle.

» Le 28 juillet 1697, la confrérie de Saint-Pierre de Guînes vint en procession avec croix et bannières à Notre-Dame de Boulogne, ou ils firent dire une messe solennelle. Elle était aussi accompagnée de beaucoup de peuple.

» Le 9 août 1697, la confrérie de Saint-Pierre, de la Basse-Ville de Boulogne, vint en procession avec croix et bannières, à Notre-Dame de Boulogne; où elle fit chanter une messe solennelle en musique avec les orgues; où il y avait une grande affluence de peuple; ensuite on fut en procession à Preure, à Saint-Adrien, et revint par Saint-Adrien de Baincthun.

» Le 7 juillet 1698, la confrérie de Saint-Pierre, d'Oye, au delà de Calais, vint en procession avec croix et bannières, avec grande affluence de peuple, à Notre-Dame de Boulogne, où elle fit dire une messe solennelle, et de là elle s'en fut à Saint-Adrien de Baincthun.

» Le 9 mai 1700, la confrérie de Saint-Pierre de Preure et de Hucqueliers vint en procession avec croix et bannières et grande affluence de peuple à

Notre-Dame de Boulogne, où elle fit dire une messe solennelle.

» Le 10 mai 1700, la procession de Wimille vint avec croix et bannières à Notre-Dame de Boulogne, avec une grande affluence de peuple, où il y avait plus de cinq cents personnes. » Antoine Le Roy ajoute que cette procession fut une des plus remarquables. « Une maladie populaire et presque inconnue ayant affligé la meilleure partie de la paroisse, et la mortalité s'étant répandue d'une manière presque contagieuse dans la plupart des maisons, le curé, plein de zèle pour la conservation de ses chères ouailles, fit un vœu au nom de ses paroissiens à Notre-Dame de Boulogne, et vint l'accomplir, en les conduisant tous devant l'Image miraculeuse, où, après avoir célébré une messe haute, il communia le plus grand nombre de ceux qui l'avaient suivi. Tout-à-coup la maladie cessa, et la santé fut rétablie dans son troupeau. »

» Le 24 juin 1700, les confrères du Saint-Rosaire et de Saint-Pierre de Samer vinrent [de nouveau] avec croix et bannières en pèlerinage à Nostre-Dame de Boulogne, avec une grande affluence de peuple, où ils firent dire une messe solennelle. »

Ce ne sont pas là les seuls pèlerinages qui aient été faits à cette époque par les paroisses du Boulonnais. Nous en avons cité d'autres, plus haut, d'après l'autorité de Le Roy; mais, bien que ces faits ne soient pas très-éloignés de notre temps, la mémoire s'en est à peine conservée. Un curé de la paroisse de Courset a été plus prévoyant que beaucoup de ses confrères; et, dans ses registres de catholicité, il nous a transmis, avec tous ses détails, le récit d'un pèlerinage accompli par ses paroissiens, en 1702. Nous croyons devoir en reproduire ici les principaux traits, afin de donner à nos lecteurs la physionomie des processions de cette époque.

Le jubilé de Clément XI venait d'être publié dans le diocèse de Boulogne. Au jour prescrit pour commencer les exercices, à l'accomplissement desquels était attachée l'indulgence, accordée par le Souverain-Pontife, le curé de Courset, Jean Heurteur, monta en chaire et fit à ses paroissiens « un discours tendre, sensible et pathétique, au sujet de l'importance de ce jubilé extraordinaire : » et tous, d'après son témoignage, « se revêtirent de l'esprit de pénitence, animés du véritable désir et grand zèle d'observer exactement toutes les prescriptions nécessaires. » Parmi les conditions du jubilé il y en avait une qui montre à quel degré s'était jusque là maintenue la foi des populations : c'était d'aller faire les stations dans une église assez éloignée des villages pour que les habitants de Courset, par exemple, n'eussent à choisir qu'entre la collégiale de Fauquembergue et la cathédrale de Boulogne, l'une et l'autre à quatre ou cinq lieues de leur demeure. On résolut d'aller à Notre-Dame de Boulogne. Ce n'était pas chose facile, surtout dans la saison rigoureuse où l'on se trouvait. « Les fréquents orages, tempêtes, ouragans et tourbillons de vent très impétueux qui se succédaient les uns aux autres, joints à la continuation d'une abondante pluie, avaient tellement grossi les rivières, les torrents et les ravines » qu'ils durent remettre pendant plusieurs jours l'exécution de leur pieux dessein, arrêté le 3 décembre.

Enfin, le 17 du même mois, il fut décidé qu'on partirait le lendemain, « après la célébration de la sainte Messe, une demi-heure avant le jour, laissant les infirmes, les vieilles gens, les enfants, les pauvres, et une personne de chaque famille, pour garder les maisons de chaque particulier.» La procession se mit en marche dans l'ordre accoutumé; nous y retrouvons les usages qui sont encore actuellement en vigueur dans nos campagnes. En tête marchait le sonneur, portant la clochette. Il était suivi de trois jeunes gens revêtus de petits surplis, portant la croix et deux chandeliers. Puis venaient les jeunes gens, deux à deux, bannière en tête. Les trois reines suivaient, portant leurs gros cierges, et précédant les jeunes filles qui marchaient aussi sur deux rangs. Ensuite « le clergé, » composé de cinq chantres, du receveur de l'église, portant le cierge pascal, et du curé, officiant, s'avançait en ordre, en chantant les litanies. Immédiatement après le clergé, se trouvaient les seigneurs et dame de la paroisse de Courset, savoir « Madame la Baronne de Courset, Marie-Ursule Dartois, accompagnée de Claude-César Maurice de la Pasture, chevalier, le Baron de Courset, Bertrand de la Pasture, chevalier, et M. de Saint-Maurice, seigneur de Sacriquet; » ces deux derniers, étudiants à Boulogne, ne se réunirent à la procession que lors de son arrivée sous les murs de la ville. A leur suite, venaient les hommes, puis

les femmes , précédées du cierge de sainte Anne,
porté par l'une d'entr'elles.

Le voyage (car c'en était un) fut périlleux et
difficile. La pluie tombait en abondance , et ces
pauvres « pénitents pèlerins, » mouillés jusqu'aux
os, avaient à franchir, avec les plus grandes peines,
« les ravines et d'horribles torrents d'eaux qui dé-
bordaient de toutes parts. » Arrivés à Questrèques,
ils eurent beaucoup de mal à franchir « ces eaux
sauvages, » aidés par « les charitables gens de ce
village,» qui les secoururent et leur prêtèrent, pour
faciliter le gué, « leurs charettes, échelles, esca-
liers et planches. » Au bas de la montagne de Boul-
lembert (Montlambert), ils trouvèrent la rivière
« si considérablement enflée et débordée, que ne
pouvant la traverser ni à Baincthun, ni à Bouvry,
ni à Questinghen, il leur fallut continuer de la co-
toyer jusqu'au bout d'Échinghen , où elle fut
passée enfin, dit le narrateur, au péril d'un chacun,
sur le travers des arbres couchés par dessus, ou des
planches qu'on y a pratiquées, en forme de ponts. »
Trois de ces braves gens manquèrent de périr en
facilitant le passage aux autres, et furent reçus
par charité dans les maisons voisines.

Ce fut un religieux spectacle que celui de cette
pieuse procession arrivant en ordre sous les murs
de Boulogne , tous portant dans leurs mains ,
« les uns des cierges, les autres des Heures ou des
chapelets, et bâtons en forme de pèlerins. » Ils s'ar-
rêtèrent d'abord aux portes de la ville, pour saluer
l'Image de la Vierge par le chant de l'*Alma Re-
demptoris;* puis, les cloches de la cathédrale

4

s'étant mises en branle, ils entrèrent dans l'église pour y faire la première station, récitant les prières du grand jubilé, adressant au ciel de solennelles supplications pour la rémission des péchés, pour la Sainte - Église, le Pape, l'Évêque, le Roi, le Dauphin, les Enfants de France et pour la paix. Le cortége, qui s'était grossi, en chemin, de plusieurs habitants des paroisses limitrophes, fut encore augmenté à Boulogne par « les bourgeois, les bourgeoises et les citoyens de la ville, » qui se joignirent à la procession, pour la suivre, dans ses pieux exercices. Les mêmes prières ayant été renouvelées successivement dans l'église de Saint-Nicolas, des Cordeliers, des Capucins et de l'Hôpital, les pèlerins trouvèrent, dans diverses maisons de la ville, un asile pour la nuit. Le lendemain, la procession reprit en bon ordre le chemin de Courset, où elle arriva, le soir du 19 décembre, au son des cloches, « à l'illumination de tous les cierges » et au chant du *Te Deum laudamus.*

De tels exemples édifient les fidèles, procurent le salut des âmes, fortifient la foi des populations et produisent, même sur les impies, l'impression la plus salutaire.

Le 17 mai 1728, un humble habitant du Portel, qui « parachevait son testament au nom du bon Dieu et de la Vierge, » y inscrivait cette clause : « Je veux qu'on fasse dire une Neuvaine de messes, » par chacun an, trois années de suite, *à la bonne* » *Notre-Dame de Boulogne.* » Le peuple n'avait pas encore perdu les saintes inspirations de la foi chrétienne.

Nous n'avons que bien peu de renseignements sur la dévotion à Notre - Dame de Boulogne pendant le XVIIIe siècle. Les pèlerinages collectifs furent sans doute peu nombreux ; car les mémoires du temps n'en signalent guères. On trouve cependant encore des traces de pèlerinages individuels , accomplis par des personnes venues de loin, comme, par exemple, cette « étrangère, qui s'est nommée » Marie-Adrienne Toussaint, et dite native de » Lille en Flandre , décédée à Desvrene , d'une » squinancie , *à son retour d'un pèlerinage à* » *Notre - Dame de Boulogne* 12 juillet 1740. »

Le dernier pèlerinage à Notre-Dame de Boulogne, avant la Révolution Française , est probablement celui que fit la paroisse de Samer, [7 juillet 1789]. Un manuscrit de ce temps nous apprend que la procession arriva à Boulogne, à 7 heures du matin, en chantant les litanies de la Sainte-Vierge ; « il y avait au moins quatre à cinq cents personnes à la suite. Un bénédictin de l'Abbaye s'était joint au pèlerinage.

CHAPITRE XVI.

Révolution française; — Schisme constitutionnel; — Protestation du Chapitre de Boulogne , contre la confiscation des biens ecclésiastiques et la suppression des corporations religieuses;—Inventaire du mobilier de la chapelle de Notre-Dame, en 1791 ; — La Statue de Notre - Dame est brulée par les Révolutionnaires , 28 décembre 1793 ; — Destruction de la Cathédrale.

Le génie du mal faisait son œuvre. Prise de vertige, la France démolissait pièce à pièce toutes les institutions du passé. Les antiques fondements des libertés nationales furent arrachés du sol: le peuple Français voulait être un peuple nouveau.

L'immortelle constitution de l'Église n'arrêta point les novateurs. Des mains humaines touchèrent à l'édifice sacré que le Fils de Dieu avait bâti sur le roc de Pierre; et, le 12 juillet 1790, l'assemblée nationale sépara l'Église de France de l'Église Romaine, la Mère et la Maîtresse de toutes les Églises. L'évêque de Boulogne Jean-René Asseline, protesta par la publication d'une *Instruction pastorale*, restée célèbre.

La carte ecclésiastique de France avait été remaniée. Des évêques sans mission, des prêtres sans autorité, allaient s'ingérer de gouverner la conscience des peuples. Les évêques légitimes, les véritables pasteurs, obligés de s'enfuir, ou de succomber victimes des lois de proscription fulminées contre eux, étaient sur le point de chercher sur la terre étrangère un asile hospitalier, afin d'y prier pour la France, en mangeant le pain de l'exil.

On parlait de liberté, d'égalité, de fraternité; et l'on décrétait l'abolition de la propriété ecclésiastique, la suppression des Chapitres et des monastères, et la radiation du testament de ceux qui les avaient fondés, entretenus, et chargés de prier à perpétuité pour leur âme.

A Boulogne, quand les officiers municipaux se présentèrent pour inventorier le mobilier de la cathédrale et le confisquer au profit de la nation, le Chapitre fit inscrire au procès-verbal la protestation solennelle que nous allons transcrire. Il est

bien juste qu'après avoir rapporté les donations des
fidèles et les fondations pieuses dont le clergé de
Notre-Dame avait la responsabilité, nous fassions
voir quels sentiments animaient à cet égard les
membres de cette vénérable Compagnie.

« Messieurs, dirent-ils par l'organe de leur
Doyen, les décrets dont vous venez nous notifier
l'exécution pénétrent nos cœurs de la douleur la
plus profonde. Nous ne cherchons pas à la dissimuler par une indifférence affectée: nous croyons
même qu'il ne peut être que glorieux pour nous
d'en faire l'aveu et de la publier.

» La privation de nos biens est, MM. ce qui
nous touche le moins. Toutes les loix, et une
possession immémoriale en assuroient, il est vrai,
la propriété au clergé; elles la réclament encore en
sa faveur, et nous ne pouvons donner notre con-
sentement à tout acte qui nous en dépouille:
l'Église nous le défend sous les peines les plus sévè-
res et nous nous y sommes engagés, au moment de
notre réception, sous la foi du serment. Mais aussi
nous ne pouvons, ny ne devons opposer une
résistance active à la force qui nous les enlève, et
nous saurons la souffrir avec résignation et sans
murmure, moyennant la grâce de Dieu.

. . . .

» Chargés par l'Église, d'une manière spéciale,
de la solennité du culte et de la prière publique,
c'est dans nos temples principalement qu'on voit
l'appareil imposant des cérémonies saintes et toute
la majesté de la religion. Chaque jour nous élevons
nos vœux en commun vers le Ciel, pour la prospé-

rité de l'Empire, la conservation d'un Roy toujours cher à nos cœurs, pour les besoins et le salut de nos concitoyens. Nous acquittons encore, par nos vœux et par les sacrifices que nous offrons à Dieu, les devoirs rigoureux de la justice et de la reconnoissance, envers des bienfaiteurs, qui, pour assurer la perpétuité de leurs pieuses fondations, les ont mises sous la sauvegarde de la Religion et de l'État. Ces fonctions saintes ont fait jusqu'icy notre consolation et notre gloire, et nous avons toujours eu à cœur de les remplir avec fidélité. Les engagements solennels que nous avons contractés, les droits imprescriptibles des fondateurs nous en font une obligation indispensable : il n'y a que l'impossibilité absolue d'y satisfaire qui puisse décharger nos consciences, et nous absoudre, au tribunal de Dieu et de l'honneur.

» Nous vous conjurons donc, MM., de nous laisser, ou de nous obtenir, la liberté de continuer à nous réunir, pour nous livrer, au milieu de nos concitoyens, à l'exercice de la prière publique, quel que soit d'ailleurs le traitement qui nous sera fixé : et nous avons cette confiance en Dieu que nos disgrâces ne feront qu'enflammer notre zèle et ranimer notre ferveur. Il en coûteroit sûrement à vos cœurs de contrister les nôtres, en nous refusant la seule consolation qui puisse adoucir nos maux. Si cependant, malgré nos instantes prières, nous sommes forcés de suspendre nos offices, souffrez que nous rappelions à votre justice et à votre religion le souvenir de nos fondateurs et de nos bienfaiteurs, et les droits rigoureux qu'ils ont à l'acquit de leurs fondations, ainsi que les besoins des pauvres, qui ont une hypothèque sacrée sur nos biens.

» Nous espérons, Messieurs, que vous voudrez bien consigner cet acte dans votre procès-verbal, comme un monument de nos justes réclamations et de nos réserves, de notre profonde douleur et de notre inviolable attachement à nos devoirs.

Signé : de Gargan, doïen ; Rattier, ch^{ne} archidiacre ; Voullonne, gr.-ch. ; Tribou, ch^{ne} et tr^{ier}. Roussel, chanoine ; Du Bréau, pénitencier ; Clément, ch^{ne} ; De L'astre de Val du Fresne ; A. Beaussart, ch^{ne} ; Flament, ch^{ne} ; Dupont, ch^{ne} ; Le Vaillant du Chastelet, chanoine ; Tribou, ch. théol. ; Coquatrix, chanoine ; Poultier, chanoine. »

Dieu avait résolu de donner carrière à l'esprit révolutionnaire : il voulait châtier la France et purifier son Église. De très-honnêtes gens se firent les exécuteurs des décrets iniques par lesquels l'Assemblée nationale s'emparait des biens du clergé. L'église de Notre-Dame de Boulogne, comme toutes celles dont la nation ne reconnaissait plus le titre épiscopal, fut envahie par les commissaires municipaux. On dressa un inventaire minutieux de tous les objets qui servaient au culte. Cette opération, commencée le 13 janvier 1791, ne fut terminée que le 30 du mois de mars.

Lorsqu'on arriva dans la chapelle de Notre-Dame, une difficulté s'éleva. Fallait-il considérer ce sanctuaire comme une dépendance de la paroisse de Saint-Joseph, et, dans ce cas, en laisser la libre disposition au curé constitutionnel ; ou bien le regarder comme une dépendance de la cathédrale et en opérer la clôture ?

Le procureur de la commune , Pierre-Daniel Dutertre, homme religieux, probe et loyal, se prononça ouvertement en faveur de la conservation de la chapelle. Son réquisitoire, inscrit et signé de sa main sur le procès-verbal de l'inventaire, à la date du 4 mars, est un acte honorable et courageux dont il y a malheureusement trop peu d'exemples. Voici quelques extraits de cette pièce :

« Le procureur de la commune nous a dit que
» le culte envers Notre-Dame de Boulogne se per-
» doit dans la nuit des tems ; que, suivant la tra-
» dition consacrée par l'histoire, il remontoit à
» l'année 636, sous le règne du roy Dagobert, et
» dans l'église où il a encore lieu aujourd'huy ;
» que cette église pouvoit passer à bon droit pour
» un des plus anciens sanctuaires de l'Europe, où
» la piété envers la Sainte-Vierge ait fleuri davan-
» tage.

Après avoir parlé des offrandes que les rois de France ont faites à Notre-Dame de Boulogne, il continua ainsi : « qu'à l'égard des hommages faits
» par les particuliers, ils consistent en plusieurs
» ex-voto, dont quelques-uns ont été offerts par
» des particuliers encore existants ; que la véné-
» ration des habitans de la ville, et surtout des
» marins, pour Notre-Dame de Boulogne, s'étant
» dans tous les tems manifestée et soutenue de la
» manière la plus sensible, le dit procureur de la
» commune observoit qu'il ne croioit pas possible

» de procéder à une apposition de scellés ; que dis-
» poser des *ex-voto*, ce seroit priver des familles et
» des citoyens encore existans , de la satisfaction de
» voir leurs offrandes décorer Notre-Dame de Bou-
» logne, qui fait l'objet de leur piété ; qu'il ne
» pouvoit dissimuler qu'en opérant ainsi, ce seroit
» s'exposer à des insurrections de la part du peuple.

» Pourquoy il requéroit, sous le bon plaisir de
» MM. les administrateurs du district, qu'il fût
» seulement procédé à l'inventaire des objets se
» trouvant en la dite chapelle de la Vierge et la
» sacristie qui en dépend, sans aucune espèce
» d'apposition de scellés, avec prière à MM. les
» officiers municipaux et MM. les membres du
» Directoire de réunir tous leurs efforts pour la
» conservation du culte en ladite chapelle de No-
» tre-Dame, objet de la plus antique vénération
« du peuple. »

On obtempéra, sous toutes réserves, au réquisitoire du procureur.

L'inventaire des objets mobiliers de la chapelle
de Notre-Dame nous offre divers renseignements
que l'histoire des pèlerinages ne doit point négliger.

On y voyait : « deux drapeaux offerts par des
maîtres pêcheurs et suspendus dans la dite chapelle ;

» Deux grands tableaux offerts en vœux par des
négociants de Dunkerque ;

» Dix autres tableaux , représentant des nau-
frages, et donnés par les marins de Boulogne ;

» Une lampe d'argent suspendue à la voûte,
pesant vingt marcs, à quarante-huit livres le marc ;

» Du côté droit de l'autel, la représentation
d'un hareng en argent, avec son écriteau, donné
par les maîtres pêcheurs de Boulogne, en 1788 ;
» De l'autre côté une vache, aussi d'argent,
ladite vache donnée, en 1776, par les habitants
d'Ambleteuse, lors de la maladie épizootique régnant
en Boulonnais. »

L'évêque de Boulogne ne quitta sa ville épiscopale que le 1ᵉʳ juin, veille de l'Ascension, après
avoir pourvu aux besoins les plus pressants de
l'administration. Les catholiques romains ne pouvaient plus désormais conserver leur foi, sans
s'exposer à des persécutions, « ni sacrifier sans
trouble, ni chercher Dieu qu'en tremblant. »
Bientôt le culte constitutionnel, après avoir subi
diverses humiliations, fut supprimé à son tour ; et,
jusqu'à ce que Robespierre eut proclamé l'existence
de l'Être - Suprême, la France adora tout ce qu'on
voulut.

Le 20 brumaire an II, [10 novembre 1793], on
célébra pour la première fois la fête de la Raison.
Ce fut l'église de Saint-Nicolas qui servit à l'accomplissement de cette orgie : la cathédrale n'eut pas
à en subir la honte.

Ce jour là, « pour en finir, avec les anciennes
superstitions », on éleva sur l'esplanade un bûcher
composé des « statues de bois, cy-devant connues
sous la dénomination de Saints; » et, afin d'anéan-
tir à la fois le régime féodal et le régime ecclésiastique, on entassa pêle - mêle avec les objets
du culte une grande partie des archives de la
ville et des communautés religieuses. « Suivant le

témoignage de M. Hédouin, le feu, mis à midi, projetait encore à l'entrée de la nuit ses lueurs funèbres sur les vieux remparts de la cité de Godefroi de Bouillon. »

La statue de Notre-Dame de Boulogne fut épargnée. « Enlevée de la chapelle qu'elle occupait dans la cathédrale et transportée dans la salle du district, (actuellement la Sous-Préfecture), longtemps elle resta déposée contre le chambranle d'une cheminée. On lui avait ôté ses ornements, et dès lors il fut facile de constater sa haute antiquité. En effet, le bois dans lequel elle avait été sculptée, se trouvait tellement vieux qu'il était difficile d'en reconnaître l'essence, et que, pour la soutenir, il avait fallu l'entourer avec soin de plaques de fer blanc. »

Les révolutionnaires de Boulogne, accusés de modérantisme par le représentant du peuple, André Dumont, le 7 vendémiaire an II, [28 septembre 1793], firent du zèle lorsqu'il revint dans notre ville, le 7 nivose [27 décembre] suivant. On organisa en l'honneur du grand citoyen une fête magnifique; les membres de la société montagnarde et républicaine profitèrent de cette occasion pour « planter l'arbre de la réunion. » Voici ce que nous lisons dans le registre aux délibérations de la municipalité, à la date du 8 nivose an II [28 décembre 1793].

« Le cortége, suivi d'une foule innombrable de peuple, et aux acclamations multipliées de *Vive la République, vive la Montagne*, s'est rendu dans les principaux quartiers de la ville, et de là sur la place de la Maison commune, [la place d'Armes], où l'arbre de la réunion a été planté, au milieu des danses civiques et au son des chants patriotiques.

» L'allégresse régnoit dans tous les cœurs des républicains de Boulogne, qui paroissoient ne former qu'un peuple de frères, et elle étoit d'autant plus sincère que le représentant Dumont n'avoit annoncé dans ses harangues au peuple que des vérités consolantes ; qu'il avoit dit hautement que les habitans de Boulogne étoient à la hauteur de la Révolution et qu'il en rendroit compte à la Convention. »

Ce qui mettait si fort les républicains de Boulogne « à la hauteur de la Révolution, » c'est qu'ils venaient de brûler l'antique statue de Notre-Dame. Un ordre du représentant leur avait enjoint ce sacrilége.

Des témoins oculaires nous ont raconté cette scène lamentable. Le hideux cortége des sans-culottes armés de piques et hurlant la Marseillaise, avait été chercher Notre-Dame au district. La ville était pleine de peuple : c'était un samedi, jour de marché. La bise glaciale de décembre, un temps pluvieux et lourd, quelque chose comme le ciel de Paris au 2 1 janvier précédent, ajoutaient à l'horreur qu'inspiraient toujours ces démonstrations bruyantes et cet enthousiasme aviné. Il pouvait être de quatre à cinq heures du soir.

L'épouvante saisit toute la population, glacée de terreur à la pensée du crime qu'on allait commettre. Un sans-culotte coiffe la sainte Image de l'ignoble bonnet rouge et l'élève au milieu de la troupe, qui fait retentir l'air de hourrahs et d'imprécations. Comme dans la passion du Sauveur, on fait à Notre-Dame des saluts hypocrites, on la soufflette, on l'insulte ; André Dumont préside, « il en rendra compte à la Convention... »

Un bûcher s'allume, à côté de l'arbre de la réunion ; Notre-Dame y est jetée, aux applaudissements de la société montagnarde ; et alors des trépignements frénétiques, une ronde infernale, des danses civiques témoignent que désormais les républicains de Boulogne sont « à la hauteur de la Révolution. »

Pendant ce tumulte sacrilége, les pieux habitants des maisons voisines, soigneusement enfermés dans leur demeure, s'étaient agenouillés en prières, demandant au Dieu du Calvaire et à la bonne Vierge Marie, de pardonner aux bourreaux, qui, dans leur délire, ne savaient ce qu'ils faisaient.

« Un silence morne accueillit le nouvel Attila, lorsqu'après cette barbare expédition il parcourut les divers quartiers de la ville, au son de la musique et des tambours. Dans de telles circonstances, ce silence était à la fois un acte de courage et une grande leçon. »

Notre-Dame a-t-elle été consumée dans le bûcher révolutionnaire ? C'est l'opinion générale ; mais nous ne pouvons dire qu'aucun témoin oculaire l'ait affirmé positivement. « A diverses reprises, dit M. Hédouin, on répandit le bruit de la conservation de cette relique vénérée ; on alla même jusqu'à citer le nom de la personne vigilante et dévouée qui était parvenue à la soustraire au bûcher préparé par André Dumont. Mais rien de certain n'est résulté de ce bruit, ni des recherches auxquelles il a donné lieu. Ici les espérances ont pris la place de la réalité, comme il n'arrive que trop souvent en ce monde. »

Pour nous, qui n'avons pu converser qu'avec les derniers demeurants de la génération d'alors, nous avons souvent entendu des vieillards nous dire que Notre - Dame serait un jour retrouvée. Ils racontaient que, fort avant dans la nuit, jusqu'à neuf ou dix heures du soir, les patriotes entretinrent le feu sur la place d'Armes. On apportait des fagots, du suif, de l'huile : l'antique statue résistait à tous les efforts. Qu'en est-il advenu ? Les révolutionnaires de 1793 ont-ils eu le pouvoir de faire ce que n'avaient pu les huguenots de 1567 ? Ou bien, ont-ils aussi jeté la sainte Image dans quelque immonde cloaque d'où elle sortira un jour pour être rendue à la vénération publique ? Il nous semble difficile aujourd'hui d'en conserver l'espoir.

« Ce n'était point assez, dit M. Hédouin, d'avoir arraché du sanctuaire les reliques des saints, et en particulier celle de la Vierge ; il fallait aussi, suivant l'esprit de ces temps de destruction, que le marteau de la bande noire fît tomber l'antique chapelle de la patronne du Boulonnais.

» Cette chapelle et la cathédrale, édifices vénérables par leur ancienneté, précieux par les sculptures qu'ils renfermaient, furent vendues, ainsi qu'on le disait alors, *nationalement*, au prix le plus bas, et disparurent bientôt du sol qui les avait si longtemps portées. Étrange nation que celle dont les gouvernants se font une loi d'éteindre les souvenirs religieux et de détruire ce qui sert à l'histoire de l'art !..

» Disons-le cependant, pour l'honneur de la population Boulonnaise, les démolisseurs étaient presque tous des étrangers. Bien plus, quelques hommes éclairés, interprètes de la pensée du plus grand nombre, avaient formé le projet de se rendre adjudicataires de cet édifice : mais il fallait détruire[2]; conserver était un arrêt de mort : ils furent obligés d'abandonner ce projet.

» Alors s'exécuta un grand et déplorable désastre !... Nous voyons encore (car quoique enfant ce souvenir a laissé des traces ineffaçables dans notre mémoire), les tombeaux violés, les colonnes et les statues de marbre renversées, les autels profanés, brisés, et les murs du lieu saint s'écroulant avec fracas sous les coups de la pioche et du marteau.

CHAPITRE XVII.

Concordat de 1801; — Rétablissement du culte de N.-D. en 1809; offrandes et pèlerinages; — Louis XVIII, au pied de l'autel de N.-D. en 1814.

Un concordat, réglant la restauration de l'Église catholique en France, ou plutôt l'établissement d'une Église nouvelle sur les ruines

de l'ancienne (15 juillet 1801), supprima le diocèse de Boulogne et l'incorpora tout entier au nouveau diocèse d'Arras.

La paroisse de la haute-ville, alors simple suc-
cursale, obtint, pour église, l'ancienne chapelle des
Annonciades ; mais, sans doute en mémoire du
siége épiscopal, le desservant qui y fut attaché
porta le titre de doyen de l'arrondissement et fut
revêtu de la dignité de « pro-vicaire général des
Sous-Préfectures de Boulogne et de Montreuil. »
Les prêtres exilés revinrent exercer leur saint ministère dans les paroisses qui leur furent confiées.
On vit, avec édification, quoique avec une respec-
tueuse douleur, des chanoines de Boulogne, qui
avaient été vicaires généraux de Mgr. de Pressy et
de Mgr. Asseline, accepter avec un humble dévouement les fonctions de vicaires ou de simples des-
servants.

L'ancien curé constitutionnel de Saint-Nicolas,
J.-J.-F. Roche, fut maintenu dans son poste, après
avoir abjuré son serment schismatique. A Saint-
Joseph, l'évêque nomma d'abord M. Denissel, ex-
chanoine de Saint-Omer ; puis, il le remplaça par
M. P.-A. Voullonne, un des anciens vicaires généraux du diocèse.

Ce vénérable ecclésiastique, pénétré de dévotion
envers Notre-Dame de Boulogne, voulut rétablir le
culte de cette antique Patronne de notre ville. Il
fut puissamment secondé dans son pieux dessein
par « les vétérans de l'ancien clergé boulonnais, »
parmi lesquels on doit citer MM. Mathon, Ballin,
Parent, etc. On choisit pour cet effet l'ancienne

chapelle intérieure des Religieuses Annonciades,
dans laquelle on éleva un autel spécial, semblable
à celui qui existait autrefois dans la cathédrale.
Sur les indications, fournies de mémoire par les
personnes qui avaient vu la vieille Image de Notre-
Dame, un sculpteur de Saint Omer en exécuta une
copie qui fut placée dans une niche, au-dessus de
l'autel ; « et bientôt on la revit dans son bateau,
portant dans ses bras ce divin Enfant, né pour le
salut du monde, et sous les traits et avec les ornements qu'on lui avait connus autrefois. Nos marins
s'empressèrent de venir lui demander une pêche
favorable, la remercier d'avoir échappé aux abymes
de l'océan, et suspendirent, comme aux temps
anciens, à l'autel de Marie, les *ex-voto*, gages
de leur reconnaissance et de leur piété. »

On célébra, à cette occasion, une neuvaine solennelle, durant laquelle on chanta une hymne ex-
piatoire, composée pour la circonstance. On pouvait se croire reporté au temps des anciennes gloires
de Notre-Dame. La paroisse de Samer vint en pèlerinage, comme autrefois, processionnellement,
avec croix et bannières et grande affluence de peuple, sous la conduite de son respectable curé, M.
Yvain. Cette procession se renouvela trois ans
après.

Une pieuse dame, Marie Geneviève Aucoin, fille
de Firmin Aucoin, capitaine de navire, et de Gé-
neviève Duchêne, enrichit la nouvelle chapelle de
Notre-Dame d'un ciboire en vermeil, en témoignage
de reconnaissance. Née le 22 avril 1788, elle avait
été, dans son enfance, à la suite d'une maladie

dangereuse, privée de l'usage de ses membres ;
es médecins la condamnaient à ne jamais marcher. Ses parents affligés firent faire une neuvaine
dans la chapelle de Jésus-Flagellé, et à Notre-
Dame de Boulogne, pour obtenir du ciel la guérison que les hommes ne pouvaient donner. Leur foi
fut récompensée par un plein succès. Le dernier
jour de la neuvaine, dans l'ancienne chapelle de
Notre-Dame, la veille de la clôture définitive de
ce saint asile de la prière, l'enfant, qui avait été
apportée sur sa petite chaise devant l'Image miraculeuse, se leva tout-à-coup, à la fin de la messe,
et se mit à marcher avec aisance, à la grande admiration des assistants.

Lorsque le culte de sa bienfaitrice fut rétabli
dans la chapelle des Annonciades, Mlle Aucoin, devenue madame Edouard Haffreingue, voulut offrir
un *ex-voto*, monument de sa gratitude; et, quoi
qu'il en puisse coûter à la modestie de la donatrice,
nous nous faisons une loi de ne point passer sous
silence le dernier bienfait que Notre-Dame ait
fait descendre sur la terre, avant d'être arrachée
de son temple, et la première offrande qui lui fut
apportée quand elle remonta sur son autel.

Au mois d'août de la même année, une asso-
ciation en forme de confrérie, approuvée par
Mgr. l'évêque d'Arras, réunit, dans un lien de
commune affection envers Notre-Dame de Bolo-
gne, un grand nombre de fidèles, à la tête desquels Mgr. de La Tour-d'Auvergne s'était inscrit
lui-même.

M. Voulonne étant mort le 14 juillet 1811, M.

Mathon, ancien secrétaire particulier de Mgr. de Pressy, lui succéda. Boulogne se réjouissait de voir, à la tête de l'administration religieuse, ces hommes du passé, dont le nom s'associait aux plus grandes gloires de l'ancien diocèse. Les traditions de la Cathédrale semblaient revivre.

L'Empire s'écroulait. Son illustre chef, enivré du pouvoir, avait porté la main sur la liberté de l'Église; il tenait captif le successeur de saint Pierre; et, comme Dieu n'aime rien tant sur la terre que la liberté de son Église, quiconque y touche s'expose à subir le châtiment d'Oza.

Louis XVIII rentra en France le 24 avril 1814. Le surlendemain 26, il arrivait à Boulogne, et se faisait conduire de suite à l'église paroissiale de la haute-ville, où tout avait été préparé pour le recevoir. « Monseigneur l'évêque d'Arras, conduisant le clergé, était à la tête du cortége, où l'on remarquait la garde d'honneur boulonnaise, commandée par M. le comte de Saint-Aldegonde. Une foule immense, des militaires de toute arme et de tout grade, remplissaient les rues, tendues en blanc et jonchées de fleurs et de verdure. Parvenu à la porte de l'église, le Roi y entra suivi de madame la duchesse d'Angoulême, du prince de Condé, du duc de Bourbon, et de plusieurs seigneurs et dames de la cour. Les villes de l'Artois avaient envoyé des députés, auxquels une place avait été réservée dans le chœur. Placé sous un dais, en face de la chapelle de la Vierge, le fils de saint Louis, en présence d'un concours immense de fidèles, fit son hommage à Notre-Dame et

rendit au ciel de solennelles actions de grâces.
Alors, pour la première fois depuis bien des années,
le *Domine salvum fac regem*; [suivi du *Vivat*],
exécuté à grand chœur, par les soins de M. l'abbé
de Béthisy, ancien maître de chapelle de la cathédrale, fit retentir les voûtes de notre église; et ce
chant de l'antique royaume des Francs émut tous
les cœurs, fit couler de tous les yeux de douces
larmes.

» Pour consacrer le souvenir de cette mémorable solennité, on mit cette inscription au-dessus
de la place que le Roi avait occupée :

LOUIS XVIII A FAIT ICI SA PRIÈRE A DIEU ,
ET L'HOMMAGE DE SA COURONNE A NOTRE-DAME DE
BOULOGNE LE XXVI AVRIL MDCCCXIV.

CHAPITRE XVIII.

*L'enclos de l'ancienne cathédrale est racheté par M.
l'abbé Haffreingue, qui y construit une nouvelle
église;—Histoire de cette entreprise, depuis 1827,
jusqu'en 1840.*

La vieille cathédrale, rasée jusqu'aux fondements, n'était plus qu'une vaste ruine, dont
la vue navrait tous les cœurs. Un amas confus
de décombres s'étendait, comme un tertre funèbre,
sur l'emplacement de ce temple désolé. Quelques
pans de murs, quelques tronçons de colonnes bri-
sées, rappelaient à la pensée la splendeur de l'édi-

fice et parlaient encore des merveilles qui s'y étaient accomplies. Les démolisseurs, honteux de leurs œuvres, auraient voulu, pour en éteindre le souvenir, faire disparaître jusqu'au dernier vestige du sanctuaire que leur vandalisme avait saccagé. On projeta successivement d'y bâtir des maisons particulières, d'y établir une place ou un marché, d'y construire une prison : aucun de ces plans ne put être réalisé. La Providence avait ses desseins. La plupart des anciennes maisons religieuses de la ville sont tombées sans laisser de traces ; l'Oratoire, les Ursulines, les Cordeliers, les Minimes, ont été effacés du sol sans qu'il reste une pierre pour dire où était leur église ; la cathédrale, au contraire, ne s'était couchée dans son tombeau que pour se relever un jour.

L'enclos de la cathédrale, et le palais épiscopal qui y est adjacent, rentrèrent aux mains d'un prêtre. M. l'abbé Haffreingue, devenu, en 1816, supérieur d'une Institution fondée à la fin de la Révolution française, s'était établi provisoirement dans les bâtiments de l'évêché, avec l'espoir d'en être l'acquéreur. Son vœu fut bientôt réalisé : mis en vente par autorité de justice, ces immeubles lui furent adjugés le 18 août 1820, à l'audience des criées du Tribunal civil de Boulogne.

Rebâtir la cathédrale, pour contribuer par là au rétablissement du pèlerinage séculaire de Notre-Dame ; doter la ville d'une église spacieuse et monumentale, qui puisse favoriser l'érection d'un nouvel évêché de Boulogne ; poser, à l'extrémité de la France catholique, vis-à-vis de l'Angleterre

protestante, un solennel acte de foi envers l'Immaculée Mère de Dieu ; élever sur un dôme gigantesque la statue de Celle qui a détruit toutes les
hérésies, afin que, dominant la terre et la mer,
Elle attire à son divin Fils les âmes égarées qui
fuient loin du bercail ; tel a été le projet conçu
par M. l'abbé Haffreingue. — Il nous est aujour-
d'hui donné d'en voir la réalisation.

Les hommes les plus dévoués aux intérêts religieux de la ville de Boulogne pressaient instamment
M. l'abbé Haffreingue d'entreprendre la reconstruction du sanctuaire. C'était la pensée de sa vie
et le rêve de son enfance: mais sur quelles ressources pouvait-il compter, pour entreprendre une
œuvre semblable? « Un jour, une pauvre femme
vint le trouver et lui dit : « J'ai appris, mon Père,
» que vous avez depuis longtemps l'intention de
» faire reconstruire l'église de Notre-Dame de
» Boulogne ; je ne suis pas riche, mais toute
» pauvre que je suis, je désire d'y contribuer,
» veuillez recevoir ma faible offrande. » Et elle
lui remit une pièce d'or de vingt francs qu'il
accepta, en lui assurant qu'avec cela il commen-
cerait les travaux. »

Dès le mois de mars 1827, les fondements de
l'ancien édifice furent mis à découvert; un plan
fut dressé, et l'on s'occupa d'en préparer l'exécution.

Le 1er jour du mois de mai, M. le baron Le
Cordier, sous-préfet de l'arrondissement de Bou-
logne, posa la première pierre de la chapelle de
Notre-Dame. Toutes les autorités s'étaient réu-

nies pour cette solennité, qui eut peu de retentissement au dehors : on n'en trouve qu'une brève mention dans les journaux du temps.

Deux jours avant de poser la première pierre, il n'y avait d'autres ressources, pour cette colossale entreprise, que de légères offrandes s'élevant tout au plus à un millier de francs. Un secours inespéré arriva tout à coup, la veille même de la cérémonie. Le dernier sénéchal du Boulonnais, François - Marie - Omer de Patras, chevalier, seigneur de Campaigno, remit aux mains de M. l'abbé Haffreingue une somme de 48,000 francs, qui fut portée, quelques mois plus tard, à 96,000. Le pieux sénéchal se dépouillait ainsi de toute sa fortune, en faveur de la Patronne du comté dont il avait occupé la première magistrature. C'est à peine s'il garda de quoi subvenir aux frais de ses funérailles : il repose dans le cimetière d'Hesdin-Labbé, sous un humble tertre de gazon que distingue une modeste croix de bois.

Les travaux de la chapelle de Notre-Dame et de la partie de l'église qui y est contiguë, marchèrent rapidement pendant les dernières années de la Restauration. Le 8 décembre 1829, fête de l'Immaculée Conception de la bienheureuse Vierge Marie, M. l'abbé Haffreingue eut la consolation d'offrir, pour la première fois, le Saint Sacrifice de la messe dans une petite chapelle qu'il venait de terminer, au chevet de l'église.

Cependant la révolution de 1830 vint arrêter l'élan religieux, qui s'efforçait de réparer les ruines amoncelées sur notre pays par la révolution de 1789.

Les travaux de la cathédrale furent interrompus jusqu'en 1832. « A partir de cette époque, pas un seul jour ne s'est écoulé sans que la construction de la nouvelle église n'ait marché. Dans certains instants on a vu jusqu'à 160 ouvriers faire des extractions dans nos belles carrières, tandis qu'un aussi grand nombre, à peu près, de maçons, charpentiers et manœuvres, travaillaient à l'avancement de l'édifice.

» Pendant que ces choses se passaient, Notre-Dame de Boulogne ne cessait pas d'être l'objet des intercessions de ceux que le malheur ou la maladie venait atteindre ; et parmi tous les exemples que nous pourrions donner à l'appui de cette vérité, nous en citerons un, bien remarquable. Vers la fin de l'année 1838, M. l'amiral baron Vatlier, connu par la sincérité de ses sentiments religieux, fut frappé d'une congestion cérébrale, accompagnée d'une fièvre violente. Ses jours coururent un tel danger que les médecins distingués lui donnant leurs soins, avaient perdu l'espoir de les sauver. M. le baron Vatlier se mit avec ferveur sous la protection de Notre-Dame ; des messes et une neuvaine eurent lieu dans la nouvelle chapelle : de jour en jour la santé du malade s'améliora, et il finit par la recouvrer entièrement. »

Le dôme, qui, en 1830 n'avait atteint que la hauteur de sa première corniche intérieure, fut porté jusqu'à près de 120 pieds au-dessus du sol. Il serait difficile de dire quelle masse d'énormes pierres se sont assises dans la partie inférieure de cette construction hardie, qu'on voyait chaque jour s'élever et grandir. Les dons particuliers des fidèles arrivaient incessamment au fur et à mesure des besoins de l'œuvre. Nulle autorité publique ne secondait le prêtre qui soulevait ces montagnes, appuyé sur le seul secours de sa foi en Marie.

Un jeune diacre de Boulogne, M. Jean-Charles François, dit Lamontagne, mort à 23 ans, le 25 juillet 1838, consacra par testament la plus grande partie de sa fortune à des œuvres de piété. N'ayant fui dévouer sa vie au salut des âmes, il avait voulu y travailler, au moins indirectement, en procurant à notre ville une église de plus. Les vingt mille francs qu'il affecta à la construction de l'église de Saint-Pierre, dans le quartier des marins, ont donné la première impulsion à la création de cette nouvelle paroisse. La cathédrale eut part aux libéralités du jeune lévite, qui légua, pour la continuation de cet édifice, une somme de dix mille francs, avec la condition expresse que son legs fût employé aux travaux de la nef.

Le lundi 8 avril 1839, la première pierre de l'église proprement dite fut bénite solennellement par M. Lecomte, curé-doyen de Saint-Nicolas, vicaire-général de Mgr. de la Tour d'Auvergne, et posée au milieu de la base du premier pilier de la droite de la croix, par M. Alexandre Adam, maire de la ville de Boulogne. Le clergé des deux paroisses de la ville, le sous-préfet de l'arrondissement, le président du tribunal civil, le colonel de la garde naponale, le directeur des douanes, toutes les autorités enfin, ainsi qu'un grand nombre d'habitants et d'étrangers se trouvaient à l'heure indiquée dans l'enclos de l'ancienne cathédrale.   4*

» Une quête faite sur les lieux, et applicable aux frais de construction de l'église, a produit 840 francs.

» On a vu, non sans un vif intérêt, une bonne vieille femme, presque octogénaire, déposer en tremblant, et les larmes aux yeux, un rouleau de gros sous qu'elle avait dû quêter elle-même, tant elle paraissait pauvre. Ce trait entre mille dit mieux que tous les écrits de quel œil le peuple, le véritable peuple, voit cette réédification attendue depuis un si grand nombre d'années. »

Dix-huit mois auparavant, « une dame anglaise, la comtesse de Mazenghie, avait formé le projet d'ouvrir une souscription dans les deux royaumes de France et d'Angleterre ; mais la mort, qui vint peu après l'enlever à sa famille, l'empêcha de réaliser ce projet. Une autre dame anglaise, Mlle Muller, persuadée que cette œuvre était réservée à une personne de sa nation, en réparation des désastres exercés autrefois par les Anglais dans l'ancienne église de Notre-Dame de Boulogne, résolut de poursuivre ce pieux dessein. » En conséquence, après s'être occupée de recueillir les offrandes de la ville, elle se rendit à Paris, dans les derniers jours d'avril 1840, pour y solliciter, au nom de Notre-Dame de Boulogne « l'obole du pauvre et les dons du riche. »

M. l'abbé Cœur, actuellement évêque de Troyes, l'un des plus chaleureux orateurs de notre temps, prêcha, le 10 mai, un sermon d'œuvre, en faveur de Notre-Dame de Boulogne, dans l'église de St-Germain-des-Prés. La quête, produisit une sommes d'environ 4,000 francs.

CHAPITRE XIX.

*Bénédiction de la nouvelle chapelle de Notre-Dame,
le 29 mai 1840 ; — On retrouve une des mains de
la Statue miraculeuse ;—Pèlerinages de 1849, à
l'occasion du choléra ; — Confrérie de N.-D. de
Boulogne-sur-Seine ;—Chapelle de N.-D. de Boulogne dans l'église des marins, à Naples.*

Quelques jours après une cérémonie du plus
haut intérêt vint réjouir la ville de Boulogne.
Élevé à la dignité de cardinal-prêtre de la sainte
Église Romaine, Mgr. de la Tour d'Auvergne venait
d'être reçu triomphalement dans les murs de la seconde cité de son vaste diocèse. La chapelle de Notre-
Dame de Boulogne, érigée sur les ruines de celle
que Claude Dormy avait consacrée en 1624, venait
d'être terminée. On pouvait dès lors satisfaire la
piété des fidèles, qui attendaient avec impatience
le moment où il leur serait permis d'y offrir à Dieu
leurs prières, sous le patronage de Marie. Le vénérable cardinal daigna se rendre aux vœux de notre
population. Le vendredi 29 mai, Son Éminence
bénit Elle-même la chapelle, et voulut y célébrer,
pour la première fois, le Saint-Sacrifice de la messe,
qu'on a continué d'y célébrer chaque jour, depuis
cette époque.

Une belle statue de la Sainte-Vierge, debout
dans une nacelle, où deux anges l'accompagnent,
suivant l'antique tradition, a été placée sous un
dôme particulier, élevé au fond de cette chapelle.
Ce n'est plus la miraculeuse Image qui a reçu pen
dant tant de siècles les vœux empressés des pèle

rins ; mais ce n'en est pas moins un mémorial du passé, la représentation terrestre de la Vierge qui est aux cieux, et le signe extérieur qui manifeste sa présence à l'œil du chrétien.

Dieu n'avait pas cependant permis que l'antique statue pérît tout entière : un précieux fragment en a été conservé à l'insu des profanateurs de 1793. On se souvient que la sainte Image resta, pendant quelque temps, dans la salle du district, avant les saturnales qui la firent disparaître probablement pour toujours. Un ancien Conservateur des eaux et forêts, M. Cazin de Caumartin, alors attaché à l'état-major de l'armée du Nord, se rendit au district pour faire viser sa feuille de route. La salle était déserte. M. Cazin, qui aperçut l'Image de Notre-Dame, reléguée dans un coin, s'en approcha, et voyant qu'une « partie d'une de ses mains, qui avait été brisée, tenait à peine, » il la détacha du poignet à l'aide de son sabre. Il s'empressa, en sortant du district, d'aller l'offrir à sa tante, Mlle Alix Cazin, qui lui sut infiniment de gré de ce religieux cadeau. Ces faits ont été attestés par M. Cazin lui-même, dans une lettre du 21 novembre 1839, adressée à M. Hédouin, et publiée par ce dernier dans l'histoire de Notre-Dame, dont les dernières feuilles étaient alors sous presse.

Mlle Alix Cazin remit, à sa mort, cette relique entre les mains du chanoine Dupont, qui, à son tour, en disposa en faveur de M. Gros d'Houlouve. La bénédiction de la chapelle, où la Vierge de Boulogne avait été honorée pendant douze siècles, offrit une occasion toute naturelle pour faire rentrer dans la cathédrale la main de Notre-Dame, la main droite, celle de la puissance et de la bénédiction. M. l'abbé Haffreingue la fit renfermer dans un cœur de vermeil que l'on suspendit à la statue nouvelle.

Pendant qu'on s'efforçait ainsi de relever les murs de l'édifice, la dévotion à la Patronne de Boulogne n'était pas négligée. On fit frapper une médaille de piété, en l'honneur de cette douce Étoile des mers, avec l'inscription : *Notre-Dame de Boulogne, stella maris, sis bona.* Cette médaille, répandue parmi les fidèles, popularisa de plus en plus le culte de la bienheureuse Vierge. On nous assure que, présentée à un condamné à mort, dont l'impiété avait été jusque-là rebelle aux exhortations du prêtre, elle produisit sur lui une si heureuse impression qu'il se convertit sur-le-champ.

Cependant un fléau terrible que Dieu envoie comme un ange exterminateur, afin de décimer les peuples coupables, s'était, après la réuolution de 1848, abattu sur la France. Le choléra sévissait partout, emportant çà et là de nombreuses victimes. On se souvint du pouvoir de Notre-Dame de Boulogne contre la peste, et l'on accourut en pèlerinage au sanctuaire d'où l'on attendait une efficace protection. Le signal fut donné par la paroisse de St.-Nicolas de la basse-ville de Boulogne, le samedi 16 juin 1849. Rien n'avait été préparé pour recevoir dans la nouvelle église cette procession inattendue, qui venait renouer les traditions du passé. Une émotion indicible pénétrait tous les cœurs.

Deux jours après, 18 juin, la paroisse du Portel, à laquelle s'étaient adjoints les habitants d'Outreau et d'Équihen, traversa toute la ville, marchant en bon ordre, recueillie et priant, pour se rendre dans la cathédrale, où la messe fut célébrée. Les travaux de construction étaient alors en pleine activité; des pierres de taille et d'autres matériaux encombraient la nef : les pèlerins trouvèrent à peine un endroit pour prier. C'était un spectacle vraiment attendrissant que celui de voir ces hommes, ces femmes, ces enfants, ces mères de famille, agenouillés sur des pierres éparses, au milieu d'un édifice inachevé, qui semblait une vaste ruine. La paroisse de St.-Joseph, sur le territoire de laquelle est bâtie Notre-Dame, suivit l'exemple des paroisses voisines : elle vint en procession dans le nouveau sanctuaire, le mardi 19 juin.

La cité de Marie fut protégée merveilleusement en cette circonstance; aussi, pour perpétuer le souvenir de ce pèlerinage, les marguilliers de cette paroisse, en leur nom et au nom des habitants, firent-ils déposer dans la nouvelle chapelle un cœur de vermeil, avec cette inscription :

A N.-D. DE BOULOGNE
LA PAROISSE S^T. JOSEPH
PÈLERINAGE DU 19 JUIN
1849.

Ce cœur, qui a été béni par M. le curé, sera, disent les donateurs, « un témoignage de la dévotion et de la confiance des habitants envers la Sainte-Vierge, qui n'a jamais cessé de veiller sur notre cité, et d'y répandre ses bénédictions. »

On lit, en outre, dans l'*Impartial de Boulogne* du 27 septembre 1849 :

« Le fléau qui désole la France avait envahi la commune de Baincthun ; il y faisait de nombreuses victimes. On tourna les yeux vers le Ciel; il fut résolu qu'on irait processionnellement faire un pèlerinage à Notre-Dame de Boulogne. Huit cents personnes environ composèrent le pieux cortége ; un homme qui déjà avait les premières atteintes de la maladie voulut s'y joindre, quelque remontrance qu'on lui fit.

» Les prières furent entendues. Le cholérique s'en retourna guéri. En rentrant à Baincthun, le curé trouva chez tous les malades une amélioration sensible.

» A partir de ce jour la mortalité a cessé à Baincthun. »

Ces démonstrations de la piété populaire envers Notre-Dame de Boulogne firent espérer le rétablissement définitif des pèlerinages processionnels des paroisses. Quant aux pèlerinages individuels, ils n'ont jamais cessé. Chaque année, en différentes circonstances, on a vu de pieux missionnaires, des voyageurs partant pour des contrées lointaines, venir implorer le secours de l'Étoile des mers. Des naufragés sont accourus, comme autrefois, nupieds, à peine couverts de leurs vêtements humides, empressés de s'acquitter de leur vœu. Mais ces faits que tout le monde peut attester, dans notre ville, n'ont été recueillis par personne et sont perdus pour l'histoire. Nous avons vu plusieurs fois de pauvres femmes, venues de bien loin, mendiant

leur pain sur la route, accomplir dévotement leur
pèlerinage, demander à la Vierge tutélaire, des
grâces qui consolent en aidant à mieux supporter
le poids du malheur.

Tout ce qui concerne Notre-Dame de Boulogne
semble doué d'une vie toute spéciale. En 1853 M.
Guillaume Le Cot, chanoine de Blois et curé de
Notre-Dame de Boulogne-la-Petite, près Paris, eut
l'heureuse pensée de reconstituer la confrérie de
Notre-Dame, établie dans son église depuis le règne
de Philippe-le-Long. La Révolution Française avait
entraîné cette institution, avec tant d'autres, dans
son flot destructeur ; et le peu de foi qui regnait
alors dans la paroisse de Boulogne avait ôté aux
pasteurs qui la dirigeaient l'espérance de voir renaître cette œuvre des anciens jours. M. Le Cot
eut plus de confiance que ses prédécesseurs. « Après
avoir fait enrichir la confrérie de nouvelles faveurs
spirituelles, il a rouvert le pèlerinage et fait appel
non seulement aux âmes pieuses de Boulogne,
mais encore à tous les chrétiens.

» L'image de Notre-Dame de Boulogne, placée
dans un vaisseau entre deux anges, a été exposée,
le dimanche 3 juillet, dans l'église de Boulogne, et,
après un office très-solennel, cette image a été
portée en procession dans la paroisse, au grand
contentement de toutes les personnes pieuses de la
commune et de celles qui étaient accourues de
Paris, pour participer à cette sainte cérémonie. »

Ainsi partout revivent les traditions d'un passé,
vieux de plusieurs siècles. Au reste, nos temps modernes n'ont rien à envier aux anciens sous ce rap-

port. Si Philippe V bâtissait, au quatorzième siècle la chapelle de Boulogne-sur-Seine, un autre prince, digne par sa piété de s'appeler le fils de saint Louis, Ferdinand de Bourbon, roi des Deux-Siciles, dont tout l'univers connaît les vertus, ainsi que les immenses travaux qu'il a entrepris pour le bonheur et la prospérité de son peuple, a donné de nos jours un grand et immortel exemple de dévotion envers la Patronne des marins, la Vierge de Boulogne. Ce prince, qui a fait bâtir de si magnifiques églises dans son royaume, à Gaëte, par exemple, où s'élève un superbe édifice gothique en marbre, a fait construire près de l'Arsenal, sur le môle, à Naples, une église des marins, dont une des plus belles chapelles, est dédiée à Notre-Dame de Boulogne. Comme dans notre ville, la Sainte-Vierge y est représentée dans un bateau accompagnée de deux anges. Ainsi, au pied du Vésuve, sur les bords de la Méditerranée comme aux rives de l'Océan britannique, l'*Étoile de la mer* protége le marin sur les flots, aussi bien que le pèlerin de la vie sur l'océan du monde.

CHAPITRE XX.

Pèlerinages des paroisses du Boulonnais, pendant la Station de l'Assomption, en 1853; — Visite de LL. MM. Impériales au Sanctuaire de Notre-Dame, le 27 septembre de la même année.

S'il est un spectacle consolant pour la religion et rassurant pour les amis de l'ordre social, c'est assurément celui que présente le mouvement religieux imprimé aux populations depuis quelques années. Il n'est presque point de province en France qui ne nous apporte quelque pieux récit de procession solennelle, de pèlerinage séculaire, de création d'église, de charités généreuses, d'œuvres admirables, pour lesquelles on remarque dans les masses un saint empressement et une dévotion pleine de foi. Heureux notre pays, de donner au monde l'exemple du retour à la religion de ses pères, et par là de mériter la protection du Très-Haut.

La ville de Boulogne-sur-mer, si renommée comme ville de plaisance et de bains, exposée aux séductions de l'indifférence, à cause du séjour d'un grand nombre d'étrangers qui appartiennent à différentes nations et à différents cultes, vient d'être le théâtre d'une des plus belles manifestations religieuses qu'il ait été donné à notre siècle de voir et d'admirer. Le pèlerinage de Notre-Dame de Boulogne, après plus de cinquante ans d'interruption, vient de reprendre son premier éclat dans la nouvelle église que les Boulonnais ont élevée à leur antique Patronne. Tout le monde connaît maintenant en France le gigantesque monument que le génie persévérant d'un seul homme (M. l'abbé Haffreingue) a su bâtir sur les ruines du vieux sanctuaire dédié à Marie, *Étoile de la Mer.* Le dôme de Boulogne signale maintenant au navigateur la gloire religieuse de la France, comme la colonne de la grande armée, dressée sur le même rivage par les vainqueurs d'Austerlitz, atteste notre gloire militaire. Avant la Révolution, la ville de Boulogne possédait un siége épiscopal, sentinelle avancée de la foi catholique en face de l'Angleterre; mais un autre titre non moins glorieux avait fait parvenir sa renommée jusqu'aux extrémités du monde : c'était le pèlerinage de Notre-Dame.

Aussi empressé de rétablir le pèlerinage dans sa splendeur, que le sanctuaire dans sa première beauté, M. l'abbé Haffreingue a établi, dans le dôme maintenant presque terminé, une station annuelle, qui a été remplie successivement par le R. P. Lefebvre, par MM. les abbés Humphry, Th. Ratisbonne, Duquesnay et le R. P. Ambroise, qui ont attiré au pied de leur chaire un auditoire considérable de pieux chrétiens. Les fidèles ont appris le chemin du nouveau temple et se sont empressés d'y venir présenter leurs offrandes.

La station de 1853 était destinée à consacrer désormais le rétablissement définitif du pèlerinage. La nouvelle église, dont les ouvriers construisaient alors la toiture, avait été très-bien décorée pour la circonstance. La Vierge de Boulogne, dans son bateau, portant sur la tête une précieuse couronne de vermeil enrichie de pierreries, due à la munificence des dames de Paris, attendait ses visiteurs les mains pleines de grâces et de bénédictions. Çà et là, sur les colonnes, les pilastres, les murs, étaient disposées des inscriptions pieuses qui rappelaient quelqu'un des titres de Marie à la vénération des fidèles, ou qui exprimaient les touchantes invocations de la liturgie catholique. Il y avait là tout un poème, tout une litanie sublime, qui résume le culte de Marie.

Le jour de l'Assomption, la paroisse de la haute-
ville déploya dans les rues de la cité son cortége de
fidèles, où l'on remarquait avec joie la vieille noblesse du pays, coudoyant l'ouvrier des fabriques,
se pressant autour de la statue de sa Patronne et
marchant sous la bannière des saints, dans ce pêle-
mêle pittoresque qui charme l'artiste et attendrit
le chrétien. Malgré les séductions de mille plaisirs
divers, malgré la foire, les mâts de cocagne et les
réjouissances officielles, il y avait foule à la procession. On se dirigeait vers la nouvelle église en
chantant des cantiques et des hymnes; puis, après
avoir salué la Madone de Boulogne par le *Salve
Regina*, qui remplissait les voûtes inachevées de
l'édifice, au milieu du chant des psaumes et des
litanies de la Sainte-Vierge, la procession reprit le
chemin de l'église. Alors arriva plus populeuse encore, aussi pieuse et aussi recueillie, la procession
de la basse-ville, formée d'un nombreux clergé et
d'une multitude de pieux fidèles, qui venaient rendre hommage à leur Patronne et lui consacrer par
la prière leur personnes et leurs biens. Les vastes
nefs s'emplissaient de pèlerins, de visiteurs, de
curieux, à qui ce spectacle parlait plus éloquemment que tous les livres et toutes les prédications.
Le soir, tous les élèves de l'institution dirigée par
M. l'abbé Haffreingue, consacraient aussi leurs
vacances, qui devaient s'ouvrir le lendemain, par
une procession solennelle à Marie, protectrice de
leurs travaux et patronne spéciale de leur jeunesse.

Ces trois processions préludaient à l'ouverture
de la station que devait prêcher cette année le P.

Carboy, de la Société des missions de France. L'éloquent orateur a su attirer au pied de sa chaire une foule considérable de fidèles, qui sont venus avec assiduité, plus nombreux que les années précédentes, entendre la parole de Dieu et prier devant Notre-Dame de Boulogne. Des milliers de pèlerins sont venus processionnellement invoquer leur Patronne. Rien n'était beau comme de voir ces bons habitants des paroisses de nos campagnes ou des marins de nos côtes, Saint-Martin, le Portel, Équihen, Pernes, La Capelle, s'avancer au chant des cantiques, croix et bannières en tête, ou bien effeuillant silencieusement les roses de leur chapelet, faisant monter au pied du trône de Marie cette prière publique et collective qui a tant de pouvoir sur son cœur. Sur le penchant des collines, dans les chemins boisés, sur les crêtes arides des dunes de sable, en rencontrant ces dévotes processions, le voyageur, l'homme oisif et distrait retrouvait le moyen-âge et la foi de ses pères; il essuyait une larme involontaire et s'écriait : « On a beau dire, je n'ai jamais rien vu de si touchant. » Et, parmi tout ce peuple, quelle foi! quel recueillement! La plupart arrivaient à jeun, suivant la coutume des pèlerins; tous entendaient la messe dans le nouveau sanctuaire; plusieurs communiaient; et, après avoir entendu quelques paroles d'édification que leur adressait l'éloquence si fertile du P. Carboy, ils regagnaient leurs foyers pour y travailler, plus gais et plus contents, sous la protection du *Secours des Chrétiens*. Aucun obstacle n'arrêta le saint enthousiasme des populations : la pluie, qui tombait par torrents, ne put

faire différer le pèlerinage des habitants de Pernes.
Qui pourrait dire de quel prix est une telle démarche, auprès de Celui qui récompense un verre
d'eau donné en son nom ?

On remarquait avec plaisir que ces processions
étaient composées de beaucoup d'hommes, bien
que le temps et la saison fussent peu favorables,
puisque les travaux de la moisson étaient encore loin
d'être terminés. Les femmes, les enfants, les vieillards eux-mêmes avaient voulu prendre part à ces
pieux exercices ; ces derniers venaient en quelque
sorte montrer à la génération nouvelle le chemin
de ce temple où leurs souvenirs de jeunesse les
reportaient avec une douce émotion. L'attendrisse-
ment avec lequel ces bonnes gens parlaient des
merveilles du vieil édifice et racontaient à leurs
fils et à leurs petits-fils les grands miracles de Notre-Dame de Boulogne, pénétrait tous les cœurs
d'un profond sentiment de piété. La chaîne des
temps était renouée ; l'interruption du pèlerinage
n'avait été qu'une éclipse passagère, dont l'effet
est de rendre plus brillant aux yeux fascinés l'é-
clat de l'astre qui l'a subie.

Depuis le 15 août jusqu'au dimanche 28, la
foule n'a cessé de se presser dans le nouveau sanctuaire. Les processions des villages se sont succé-
dées ; les enfants des écoles des Frères de la Doctrine chrétienne et de celles des Sœurs de la Retraite ont aussi fait leur procession à Notre-Dame ;
et nous avons appris que plusieurs d'entre les plus
pauvres se sont privés de leur déjeûner, ce jour-là,
pour offrir quelques sous de plus à la Vierge de

Boulogne. Les élèves des Religieuses Ursulines ont suivi l'exemple donné par tous les pensionnats chrétiens.

Le jour de la clôture, après la communion générale, qui a été extrêmement nombreuse, deux processions, l'une du village de Wimille, l'autre de la paroisse des marins de notre ville, ont encore gravi la colline de Boulogne, pour couronner ces pieux exercices.

La cathédrale avaitconservé la plus grande partie de l'ornementation dont on l'avait parée pour ces fêtes, lorsque S. M. l'Empereur arriva dans notre ville, pour la première fois, le 27 septembre 1853. Le chef de l'État connaissait l'œuvre de persévérance et de foi que M. l'abbé Haffreingue a entreprise.

Lorsque le clergé, sous la conduite de M. l'abbé Lecomte, Lui fut présenté, l'Empereur demanda aussitôt, à plusieurs reprises : « Où est M. l'abbé Haffreingue ? Je désire le voir et lui parler. » Quand ce respectable prêtre se trouva devant S. M., l'Empereur lui dit : « Monsieur l'abbé, comment » avez vous eu le courage d'entreprendre une » œuvre aussi considérable ! Il est vrai que la » foi qui transporte les montagnes fait aussi » construire des églises : Je vous promets de vous » aider de tout mon pouvoir. » — Sire, répondit M. Haffreingue, je remercie vivement Votre Majesté de l'intérêt qu'elle porte à l'église de Notre-Dame de Boulogne. Je serais heureux qu'Elle voulût bien nous faire l'honneur de visiter l'édifice. L'Empereur le promit et il tint parole, le jour même.

En revenant de la Colonne, LL. MM. entrèrent

dans l'église de N.-D., sans y être si tôt attendues.
Les barrières qui fermaient le sanctuaire furent écar-
tées à la hâte, et, tandis que l'on courait prévenir M.
l'abbé Haffreingue, LL. MM. s'agenouillèrent sur
les prie-dieu qui leur avait été préparés dès le
matin, et adressèrent leur prière à la Patronne de
Boulogne. Bientôt l'autel de N.-D. fut illuminé, le
Domine salvum fut chanté par quelques prêtres
accourus à la hâte, à la nouvelle que LL. MM.
étaient entrées dans l'église. L'Empereur et l'Impératrice s'informèrent de l'ancienne Image de
N.-D., de la Vierge noire à laquelle les rois de
France faisaient leur hommage. On leur apprit
que la Révolution avait fait brûler l'antique statue,
mais qu'il en restait une main, qui était conservée
dans un cœur d'or attaché à la statue actuelle.
LL. MM. s'agenouillèrent alors une seconde fois,
et renouvelèrent leur prière, après laquelle M.
Haffreingue leur présenta une Histoire et des médailles d'or de N.-D., qu'Elles acceptèrent avec
beaucoup de bienveillance et d'empressement.
LL. MM. admirèrent la hardiesse et la beauté de
l'œuvre, et le bel effet des voûtes, et parcoururent
l'ensemble de l'édifice. L'Empereur, s'adressant à
M. Haffreingue, lui demanda combien de temps il
lui fallait encore pour terminer son église.—Quatre
ans, Sire, lui répondit-il. — Mais, avez-vous les
fonds nécessaires?—Sire, Votre Majesté m'a dit,
ce matin, que la foi qui soulève les montagnes bâtissait aussi les églises; j'espère que cette foi, qui
m'a soutenu pendant vingt-six ans, ne m'abandon-
nera pas pendant le temps qui me reste encore.

L'Empereur lui promit alors de nouveau son concours et lui dit : « Je vous enverrai de Paris mon offrande. »

LL. MM., après avoir traversé toute la nef, se dirigèrent par le grand portail vers les voitures qui les y attendaient. Les acclamations de la foule qui se pressait sur le parvis, accueillirent LL. MM., et les cris de *Vive l'Empereur*, *Vive l'Impératrice*, éclatèrent de toutes parts avec le plus vif enthousiasme. L'intérêt que notre population porte à l'œuvre de Notre-Dame avait attiré sur ce point l'attention générale. On était heureux de voir LL. MM., imitant la piété de nos anciens rois, venir faire leur visite et leur offrande dans ce sanctuaire célèbre, où sont venus prier tant d'autres souverains illustres.

Le lendemain 28, M. l'abbé Haffreingue fut mandé par l'Empereur à la Sous-Préfecture, où LL. MM. étaient descendues. L'Empereur voulait attacher lui-même sur la poitrine du prêtre l'étoile de la Légion-d'Honneur. En remettant à M. Haffreingue l'insigne de cette distinction, l'Empereur lui prit la main et lui glissa, avec beaucoup de délicatesse, et sans que personne pût s'en apercevoir, un rouleau qui contenait 10,000 francs en billets de banque, pour son église.

CHAPITRE XXI.

Pèlerinages de 1854 ; — Cloches de la nouvelle cathédrale ; — Pèlerinages de 1855 ; — Le colonel Dupuis, tué devant Sébastopol, lègue sa croix de commandeur à Notre-Dame de Boulogne ; — Funérailles du brave colonel, 17 avril 1856.

Ainsi les rues de Sion avaient cessé de pleurer leur solitude : on revenait enfin prier dans le Temple où nos pères se sont agenouillés si pieusement ; les solennités avaient repris leur cours. Mais une chose manquait jusqu'alors, pour donner le signal de l'arrivée, pour convoquer les fidèles. L'édifice grandiose portait fièrement dans les airs sa majestueuse jeunesse ; son dôme s'élançait au Ciel, pour y faire monter l'adoration et la prière du pèlerin ; il régnait sur la ville et la contrée, dominant toutes les autres constructions, pour proclamer la supériorité de l'idée religieuse sur tous les intérêts terrestres ; et lorsque, dans ses jours de fêtes, il livrait au vent les couleurs flottantes de ses oriflammes diverses, il parlait aux yeux et laissait deviner ce qui se passait en son sein ; mais sa voix n'était pas articulée, il était muet.

Inspirés par le désir de faire cesser cet état de choses, et dévorés du zèle de la maison de Dieu, deux de nos concitoyens, généreux et intelligents amis de notre ville, Mgr. Jules Lefèvre, abbé de

Lavagna et vicaire-général du diocèse d'Aquila, (aujourd'hui commandeur de l'ordre de Constantin-le-Grand), et M. Auguste Adam, aidés de quelques bienfaiteurs de la nouvelle cathédrale, ont voulu donner une voix à cette église, qui déjà s'essayait aux cérémonies saintes, et lui permettre de sonner les heures de ses fêtes. Une cloche, du poids de 2,500 kilogrammes, supérieure à toutes celles des églises de Boulogne, fut fondue à Angers dans les ateliers de M. Guillaume-Besson, ainsi qu'une autre, plus petite, du poids de 250 kilog., offerte à M. Haffreingue, le jour de sa fête, par les élèves de son établissement. Ces cloches, d'un métal magnifique, sont tournées et polies, ce qui ajoute à l'intensité et à la durée des vibrations.

Le dimanche 13 août 1854, à quatre heures après midi, Mgr. Pierre-Louis Parisis, évêque d'Arras, de Boulogne et de Saint-Omer, fit la bénédiction solennelle des deux nouvelles cloches.

Toute notre population était présente à cette imposante solennité; les places réservées étaient occupées par les parrains et marraines des cloches, M. le comte de Cossé-Brissac et Mme Adam-Ternaux, M. Abot de Bazinghen et Mme Langdon; par M. Alexandre Adam, président du Conseil général, M. Louis Fontaine, maire de Boulogne, M. le général de Courtigis, M. le Commandant de place, et plusieurs autres notabilités administratives et militaires.

Voulant témoigner sa noble reconnaissance pour l'honneur qui lui était fait, et déposer dans l'église de Boulogne un monument durable de sa généreuse munificence, M. le comte de Cossé-Brissac a offert à la Cathédrale un magnifique calice d'or, de style gothique, ornementé à la moderne, ciselé par M. Froment-Meurice, un des premiers orfèvres de Paris. Mme Al. Adam offrit à la cathédrale un riche ostensoir en vermeil, de style renaissance et d'un goût aussi remarquable que la beauté du travail.

Le 16, la cloche de Notre-Dame s'est fait entendre à diverses reprises, pour saluer l'entrée solennelle du pèlerinage de quatre paroisses C'étaient La Capelle, Bainethun, Wirwignes et Fiennes, qui avaient envoyé une députation nombreuse pour invoquer la protection de la Patronne du Boulonnais. Conduits par leur curé, croix et bannières en tête, ces pieux fidèles s'avançaient au chant des cantiques, et, dans un profond recueillement, assistaient à la messe célébrée par leur pasteur sur l'autel de Notre-Dame, recevaient en grand nombre de sa main la sainte communion et se retiraient processionnellement.

Le 18, les trois paroisses du Portel, d'Outreau et d'Equihen nous amenèrent un nombre de pèlerins plus considérable encore que l'année précédente. L'enceinte du dôme et de la chapelle de Notre-Dame ne suffisant pas à contenir la foule, on dut se servir de l'autel provisoire, qui avait été érigé, pour la bénédiction des cloches et les saluts du soir, dans la grande église ; et, pour la première fois depuis la Révolution Française, le Saint-Sacrifice fut célébré sur l'emplacement du chœur. M.

l'abbé Lebègue, curé d'Equihen, a eu l'honneur de cette inauguration.

Le dimanche 20, eut lieu, avec édification et recueillement, la procession de Saint-Martin, puis celle de Wimille.

Le 21, arrivèrent celles de Pernes et de Conteville, enfin celles de Condette, de Saint-Étienne et de Saint-Léonard. On fit la clôture de la neuvaine, le mercredi 23.

En 1855, les pèlerinages ne furent ni moins nombreux, ni moins édifiants que l'année précédente. Nous en empruntons le récit à l'*Impartial de Boulogne*, des 16 et 23 août.

Depuis le jour de l'Assomption, notre ville fut sans cesse traversée par de nombreux pèlerinages, qui se rendaient processionnellement à Notre-Dame. Les cloches de la cathédrale annonçaient ces divers exercices et saluaient de leurs volées joyeuses l'arrivée et le départ des pèlerins. Qui se serait attendu à voir sitôt renaître cette piété des temps antiques, au milieu de notre siècle mondain ?

Les communes rurales de Condette, Hesdin-Labbé, Wirwignes, Alincthun, Colembert, Le Wast, Pernes, La Capelle, Rinxent, Audinghen, Fiennes, la plupart très-éloignées de notre ville (Fiennes en est à 16 kilomètres), ont envoyé de nombreuses députations de pèlerins qui sont entrés dans notre ville, avec croix et bannières, pour faire leur station à la cathédrale. Les processions les plus remarquables ont été celles de Wimille et de Saint-Martin; cette dernière surtout présentait un magnifique coup-d'œil et se déployait avec un ordre irréprochable ; la plus nombreuse était celle des marins du Portel et d'Équihen, à laquelle s'était réunie la paroisse d'Outreau. Tous ces pieux marins venaient implorer leur Patronne, l'Étoile de la mer, en faveur de leurs frères qui portent si haut dans l'Océan le pavillon de la France, en face de l'ennemi.

Les villes voisines ne s'étaient pas encore ébranlées dans ce but : toutefois, l'exemple ne tarda pas à être donné par une confrérie appartenant à l'une des paroisses d'Amiens. Plus de quatre-vingts personnes faisant partie de cette pieuse congrégation sont venues offrir leurs prières à Notre-Dame de Boulogne. Le chemin de fer s'est prêté à la réalisation de leur projet, en abaissant ses prix en leur faveur. Ce n'est certainement pas là un des épisodes les moins intéressants qu'ait offerts cette année la Neuvaine de Notre-Dame.

Nous ne parlerons pas des divers pensionnats de la ville qui ont, comme les années précédentes, accompli leur pèlerinage en déployant dans nos rues ces longues files de jeunes enfants chantant des cantiques à la Vierge, et laissant flotter au vent leurs étendards symboliques et leurs bannières aux mille couleurs.

Le 17 avril 1856, la cathédrale de Boulogne fut le théâtre d'une imposante cérémonie religieuse. Nous en avons raconté les détails dans l'*Univers*, et nous croyons que les pages de l'histoire de Notre-Dame doivent conserver la plus grande partie de ce récit.

Un enfant de notre cité, sorti des rangs d'une famille honorable, s'était élevé dans la carrière des armes jusqu'au grade de colonel. La France l'avait vu partir pour la Crimée avec son beau régiment en 1854. C'était sa dernière campagne, après quarante-quatre ans d'une vie passée tout entière dans le laborieux dévouement du service militaire. Le colonel Dupuis, à qui son mérite allait faire décerner le grade d'officier-général, se proposait, à cinquante-neuf ans, de prendre enfin sa retraite, pour venir se reposer au sein de sa famille. Dieu en a disposé autrement : il a voulu que le sacrifice fût complet. Tombé sous le feu de l'ennemi, dans l'assaut du 8 septembre, Dupuis, atteint de onze blessures, succomba, comme les anciens chevaliers, léguant son âme à Dieu, et sa croix de commandeur à Notre-Dame de Boulogne. Sa famille, dont il était l'orgueil, n'a pas voulu que son corps restât enseveli sur la terre étrangère ; et les dépouilles du brave colonel du 57ᵉ de ligne, recueillies par la piété de quelques amis fidèles, reposent enfin au milieu de nous.

Animé par le sentiment d'un généreux patriotisme et pénétré de la reconnaissance du cœur, M. l'abbé Haffreingue avait offert les caveaux de la nouvelle cathédrale pour la sépulture du héros chrétien. La ville entière s'est associée à ce vœu ; et le conseil municipal a adressé au Gouvernement une demande officielle, tendant à obtenir une exception à la loi du 23 prairial an XII [1].

- (1) Le Gouvernement n'a pas cru pouvoir faire d'exception à la loi.

En attendant, les restes mortels de notre conci-
toyen ont été déposés dans le cimetière de la ville.
Ses obsèques ont été célébrées au milieu du concours empressé de la cité tout entière. Le clergé
de la ville s'était réuni sous la conduite des quatre
curés, qui tous ont voulu prendre part aux religieuses prières que l'Église adresse à Dieu pour
ses morts, et comme honorer triomphalement les
funérailles d'un martyr. C'est que, outre les qualités de l'esprit et du cœur, Dupuis avait montré
dans sa vie et dans sa mort la pieuse foi du chrétien.

A diverses reprises, durant le cours de sa longue
vie militaire, le colonel Dupuis s'était montré gé-
néreusement dévoué à Notre-Dame de Boulogne.
Il ne manquait pas une occasion d'envoyer son offrande pour la reconstruction de la cathédrale. Peu
de jours avant de quitter la France (29 mai 1854),
il écrivit à M. l'abbé Haffreingue, afin de se faire
inscrire « de tout cœur et de toute âme, comme
souscripteur modeste, pour la somme de 100 fr.,
comme fondateur de l'œuvre. » D'autres fois il re-
cueillait des souscriptions parmi ses camarades, à
qui il s'empressait de faire connaître le sanctuaire
illustre dont il était fier pour son pays natal.

En mourant à Sébastopol, dans une guerre que
l'Église catholique a proclamée sainte, le jour de
cette mémorable action où le général en chef a
reconnu lui-même formellement le doigt de Dieu
et l'intervention de Celle dont on célébrait la gra-
cieuse Nativité, le colonel Dupuis pensait à Dieu et
à Notre-Dame de Boulogne.

« *Donne* 20 *francs pour la cathédrale de*

Notre-Dame, écrit-il à son frère le jour de sa mort : puis il ajoute : Si je meurs, tu donneras a Notre-Dame ma croix de commandeur. »

Vœu sublime ! ce joyau, le plus cher qu'un cœur français puisse posséder, l'étoile des braves, ce symbole de l'honneur, patiemment conquis par une vie de dévoûment et de sacrifices, il veut l'appendre comme un vivant souvenir, un *ex-voto* perpétuel, une prière après lui, aux pieds de Celle qu'a vénérée sa mère, de Celle qui, reine du Ciel et de la terre, était là reine de son cœur !

Voilà pourquoi les portes de la nouvelle basilique se sont ouvertes à un cortége de deuil, elles qui n'avaient encore donné passage qu'aux processions des pèlerins et à des solennités plus joyeuses ; voilà pourquoi l'airain de ses tours, qui n'avait pas encore tinté le glas funèbre, s'est ébranlé pour convoquer la cité aux obsèques de son noble enfant, pour convoquer les frères d'armes du brave colonel, comme à une dernière veillée de chevalerie.

Le vieux sol historique de Notre-Dame a tressailli sous le poids d'une si glorieuse dépouille. Les anciens preux qui dorment sous les voûtes de la crypte, après avoir versé leur sang pour la patrie, pour la France et cette terre de Boulogne que leurs bras ont défendues, ont reconnu un frère, et leur tombe s'en est réjouie. Que ne nous a-t-il été donné de le voir partager leur sépulture, suivant l'ardent désir du vénérable M. Haffreingue et le vœu de tous nos concitoyens !

S'il n'a pas été possible de réaliser cette pen-

sée , nous nous consolons , du moins , à l'idée que
la cathédrale de Boulogne , en s'associant au deuil
de notre cité , s'est associée aux glorieux triomphes
de la France. Déjà tant de généreux soldats , et à
leur tête un noble général , à la veille de l'expédition de Bomarsund , sont venus prier à l'autel de
Notre-Dame, lui recommander leur salut, chercher
à la table eucharistique la nourriture de leur âme
et la tranquillité du cœur, sources fécondes du
courage ; il était bien juste que la première messe
chantée sous ses voûtes fût le service funèbre d'un
brave , mort pour son pays , dans une guerre généreuse et sainte.

La nouvelle cathédrale, décorée pour la circonstance, a cessé un instant de retentir sous les coups
de marteau du sculpteur ; elle s'est initiée aux
pompes funèbres. Dans sa vaste enceinte , sous ces
voûtes élancées, dont on a pu apprécier le caractère religieux et grave , se pressaient en foule les
magistrats de la cité, les officiers du camp de
Boulogne , les amis du colonel , enfin une assistance nombreuse, composée de tous les rangs de la
population.

Notre-Dame était pour beaucoup dans la solennité qui empruntait de cette circonstance un caractère spécial de majesté toute exceptionnelle.
Aussi , outre la foule qui occupait les vastes nefs de
notre intéressante cathédrale, la population tout
entière s'était amassée sur les côtés des rues, ou
sur les remparts, durant le long parcours qui s'é-
tend de la gare jusqu'à l'église , comme dans les
jours des processions les plus magnifiques. Honneur

à cette cité, pour l'estime qu'elle a faite du héros chrétien, honneur à celui qui a mérité par ses vertus d'obtenir un semblable triomphe !

CHAPITRE XXII.

Station de 1856, prêchée par le R. P. Lavigne ; — Procession de l'Assomption ; Pèlerinages des paroisses du Boulonnais, de celles de S.-Séverin et de Boulogne-sur-Seine ; — Bénédiction d'une cloche ; — Autel du chœur, exécuté à Rome par les ordres et grâces à l'insigne munificence du Prince Alexandre Torlonia ; — Indulgences accordées au sanctuaire de N.-D. de Boulogne par S. S. N. S. le Pape Pie IX.

Notre-Dame de Boulogne n'avait jamais, depuis la Révolution Française, reçu tant d'honneurs, vu tant de pèlerins, béni tant de peuple, que pendant la station de l'année 1856. Nous en avons fait le récit dans l'*Impartial* de Boulogne, où nos lecteurs nous permettront de le prendre pour le transporter dans ces pages.

Boulogne, disions-nous, cette cité de luxe et de commerce, de plaisance et de bains de mer, présente en ce moment l'aspect de ces villes de Bretagne, que des pèlerinages séculaires ont rendues célèbres et renommées. Les solennités annuelles qui, depuis quelques années, viennent remuer profondément notre ville, se sont ouvertes le vendredi 15 août par la grande Procession de Notre-Dame. Le déploie-

ment immense de cette Procession en fait un des
cortéges les plus gracieux qui se soient jamais dé-
roulés dans les rues de la cité. Frais costumes de
modestes jeunes filles, groupes variés d'enfants qui
portaient des symboles, bannières aux mille couleurs se balançant dans les airs et flottant au ca-
price du vent; corporations, confréries, associa-
tions religieuses et de charité, marchant nombreuses et recueillies, pour servir d'escorte et de garde
à la Reine de Boulogne, *urbis Domina*, qui
visitait son peuple pour le bénir et recevoir ses
hommages, voilà ce qu'il nous a été donné de voir
dans cette grande fête populaire.

Le R. P. Lavigne a captivé notre population;
les vastes nefs de Notre-Dame s'emplissaient chaque
jour: près de deux mille auditeurs, dans un magnifique et religieux silence, écoutaient avec avidité
la parole sainte, et s'agenouillaient au pied de
l'autel improvisé.

Le samedi 16, commençait l'ouverture des pèlerinages. La procession des marins du Portel, des
pêcheurs d'Équihen, des habitants d'Outreau
traversait notre ville, croix et bannières en tête, au
chant des cantiques, le chapelet aux mains, la
prière sur les lèvres, le recueillement au cœur,
avec ordre et piété, avec édification.

Le 17, la paroisse de Wierre-Effroy, sous la conduite de son digne curé, M. Blaquart, venait chanter dans la cathédrale l'office des vêpres, le premier office de ce genre qui ait fait retentir les voûtes
de la nouvelle église; puis une députation de Maninghen, et enfin la paroisse de Wimille, nombreuse,

toujours fidèle à Notre-Dame de Boulogne, depuis que son digne et vénérable pasteur, feu M. Boutoille; l'un des derniers prêtres ordonnés par le dernier évêque de Boulogne, lui a montré le chemin du sanctuaire à l'ombre duquel avait grandi son enfance.

Nous ne devons pas oublier de citer la paroisse de Wicrre-aux-Bois, venue pour la première fois depuis le rétablissement des pèlerinages, et qui, malgré un éloignement de plus de quatre lieues, nous est arrivée composée d'un très-grand nombre de pèlerins.

Le 18, Hesdin-Labbé, St-Étienne, St.-Léonard, Fiennes; le 19, Condette, Wirwignes; le 20, Audinghen, arrivaient successivement au son de la cloche de Notre-Dame, pour offrir à la Patronne du Boulonnais le tribut de leur vénération, l'hommage de leur fidélité, l'ardeur de leurs prières.

Chaque jour amenait de nouveaux visiteurs. Calais, autrefois très-dévoué au culte de N.-D. de Boulogne, ainsi que toutes les villes des alentours, nous a envoyé cette année une députation du *Cercle de St.-Joseph*.

Le jeudi 21, les paroisses de La Capelle, Rinxent, Pernes, St.-Pierre-lès-Calais, arrivaient successivement dans notre ville.

Le dimanche 24, la procession de la paroisse de Saint-Martin s'est déployée d'une manière merveilleuse dans les rues de la haute-ville, avec un grand recueillement, un ordre parfait et une tenue irréprochable. On y remarquait un brancard sur lequel deux jeunes personnes portaient une paire de chandeliers d'église : c'était l'*ex-voto* de la paroisse à Notre-Dame de Boulogne. L'année précédente, la même procession avait donnée cette heureuse initiative : c'est ainsi que dans les siècles passés le trésor de Notre-Dame s'était enrichi de précieuses offrandes.

L'après-midi du même jour, les processions des campagnes ont été admirables. Les vastes nefs avaient peine à contenir la foule. Sept curés, celui de Baincthun, amenant plusieurs centaines de pèlerins, ceux de Belle-et-Houllefort, d'Alincthun et Bellebrune, du Wast, de Colembert et Nabringhen, de Cremarest et de Wirwignes, suivis chacun d'un nombre considérable de leurs paroissiens, sont entrés tour-à-tour dans notre ville, croix et bannières en tête. Il semblait, à voir cette affluence empressée, que notre église eût repris ce jour-là le caractère d'église-maîtresse que le siége épiscopal lui donnait jadis.

Le grand événement de cette station a été le pèlerinage que les paroisses de St.-Séverin et de Boulogne-sur-Seine ont fait à l'antique Patronne de Boulogne-sur-mer. C'est une manifestation presque unique dans les annales chrétiennes. On avait vu dans les siècles passés, pendant les âges de foi, le pèlerin prendre son bourdon et partir pour un lointain voyage ; on avait vu des paroisses entières et des confréries pieuses se rendre en corps à une paroisse peu éloignée, pour y prier auprès d'une image sainte et solliciter la protection d'un patron vénéré ; mais tous ces actes, solitaires ou collec-

tifs, n'avaient pas le caractère de ce qu'il nous a
été donné de voir.

Six cent soixante personnes, parmi lesquelles
beaucoup d'hommes, ont quitté leurs affaires, leur
famille, leur pays, pour aller, à soixante lieues, prier
dans un sanctuaire qui s'élève sur les ruines d'un
temple fameux par les grâces que les générations
passées y ont obtenues. Jamais train de plaisir,
organisé pour les fêtes les plus intéressantes, n'a été
accueilli comme ce train de pèlerinage, où la foi
chrétienne était le seul mobile du déplacement.
Plus de quatre cents billets ont été refusés faute
de place, et parce que l'administration, qui s'est
prêtée à l'exécution de cette pensée avec un dévouement qui l'honore, n'avait pas compté sur un empressement aussi universel.

Plus de cinquante prêtres de Boulogne et des
environs attendaient, en habit de chœur, leurs
confrères de la capitale, et ont voulu conduire les
pèlerins jusqu'à l'église de Notre-Dame. Vers six
heures, le train, retardé par un accident arrivé
à un convoi de marchandises qui embarrassa la voie
sur un point de sa route, entrait dans la gare de
Boulogne, au chant du *Magnificat*. Immédiatement après, le R. P. Lavigne, monté sur une
estrade, élevée pour la circonstance, acclamait cette
nombreuse députation par une de ces improvisations
éloquentes dont il a le secret.

Immédiatement après, la procession des pèlerins s'épanouissait sur nos quais et dans les rues
qui conduisent à la cathédrale; d'abord le suisse
de Saint-Joseph, la croix et la bannière de Notre-

Dame, ensuite la cloche offerte par la paroisse de Saint-Séverin, sur un char richement orné, traîné par quatre chevaux que le maître de poste de notre ville avait offert à cet effet. Puis la bannière de la paroisse de Boulogne - sur - Seine, avec l'image de Notre - Dame dans son bateau traditionnel; un cœur de vermeil, *ex voto* de cette paroisse, porté sur un coussin de soie blanche par une jeune fille vêtue de blanc; la bannière de Notre-Dame de Sainte - Espérance, suivie d'une députation de l'archiconfrérie de ce nom, érigée dans l'église de Saint-Séverin par le digne curé de cette paroisse; enfin plus de quatre - vingts prêtres, en habit de chœur, présidés par MM. les curés de Saint-Séverin et de Boulogne-sur-Seine, précédés du suisse et des acolytes de Saint-Séverin, portant la croix et des flambeaux allumés.

Notre cité s'était levée comme un seul homme, comme au jour de ses plus brillantes fêtes, aussi empressée, aussi nombreuse qu'elle l'était pour assister aux passage des Souverains qui sont venus y visiter la France et l'Empereur. C'était un bien émouvant tableau que celui de cette foule de pèlerins qui montaient la colline de Boulogne, au déclin du jour, sous les yeux d'un peuple attentif et respectueux, debout pour les admirer et les saluer de sa présence.

Les chants sacrés n'ont pas été un seul instant interrompus pendant toute la marche; toutes les cloches de la ville étaient en branle et mêlaient leur joyeuse volée à l'allégresse qui était dans tous les cœurs.

On arrive enfin à la cathédrale; et M. le curé de Boulogne-sur-Seine, après que le chœur des jeunes filles de sa paroisse eut chanté un cantique spécial à Notre-Dame, prononça d'une voix émue une touchante allocution.

Le salut a été chanté par M. le curé de Boulogne-sur-Seine: ensuite les pèlerins se sont séparés, afin d'aller prendre une demeure pour la nuit, les uns dans les hôtels, où l'on avait retenu des lits pour eux, les autres, et c'est le plus grand nombre, dans les maisons particulières où l'on s'est fait une fête de les recevoir. L'un d'eux nous disait : « Je n'aurais jamais cru assister en plein XIXe siècle à une pareille scène du moyen-âge. »

Le 27, pendant la messe du matin, une communion générale des pèlerins de Paris (plus de cinq cents), est venu prouver combien ce voyage avait un caractère franchement religieux, combien le pèlerinage avait eu pour but l'inspiration de la foi, et non une vaine-recherche de distraction et de plaisir.

A onze heures, M. le curé de Saint-Séverin, délégué par Mgr. l'évêque d'Arras, a fait la bénédiction de la cloche qu'il venait offrir au nom de l'archiconfrérie de N.-D. de Sainte-Espérance.

La robe de la cloche, donnée par la marraine, était une magnifique écharpe de drap d'argent brodée d'or, destinée à servir à la bénédiction du très-Saint-Sacrement dans la cathédrale. A l'exemple du parrain et de la marraine de la grosse cloche, Melle de Préville a voulu enrichir le trésor de Notre-Dame par l'offrande d'un ciboire émaillé, orné de filigranes et de pierres fines, précieux travail d'orfévrerie, sorti des ateliers de M. Poussielgue.

Nous ne dirons rien de plus sur le pèlerinage des Parisiens, qui a quitté notre ville le jeudi 28, à deux heures, après avoir défilé solennellement dans les rues de la cité, sous la conduite du digne et vénérable curé de Boulogne-sur-Seine, au chant non interrompu du *Magnificat*. Le R. P. Lavigne a prononcé à la gare une allocution pleine de poésie, de verve et de chaleur, que nous regrettons de n'avoir pu recueillir.

Le vendredi 29, les marins du courgain de Calais, et une députation d'Abbeville que des circonstances imprévues ont rendue peu nombreuse, puis enfin la paroisse de Samer, en bon ordre, avec beaucoup de piété et d'édification, venaient compléter pour cette année la série des pèlerinages.

La station de 1856, avec les pèlerinages qui l'ont illustrée, a produit un grand effet parmi la population étrangère qui habite notre ville. Le déploiement des pompes catholiques, ces témoignages si ardents de la piété populaire envers la Mère de Dieu, frappent d'un juste étonnement ceux qui ont été élevés dans les froides pratiques d'un culte purement intérieur. Dans ces occasions, les esprits révoltés et fanatiques s'aigrissent et s'irritent; mais les âmes droites et bonnes s'attendrissent et reçoivent quelques gouttes de la rosée divine.

Peu de jours après la fin de la station, on apprit que le pèlerinage des Parisiens avait été l'occasion de plusieurs faveurs obtenues du Ciel par l'intercession de Notre-Dame de Boulogne. Ainsi, une personne qui a voulu rester inconnue, envoya un cœur de vermeil, en actions de grâces pour la réussite d'une affaire importante. D'autres fidèles se sont réjouis d'avoir des conversions, des retours à Dieu, parmi les membres de leur famille ; d'autres enfin ont éprouvé ces consolations de la foi qui affermissent les cœurs, les soutiennent dans les épreuves de la vie, et sont comme un avant-goût des joies du ciel.

Un fait plus extraordinaire a vivement excité l'attention. Il y avait à Montmorency une jeune fille de quatorze ans, qui appartient à une famille honorable, et qui était, depuis quatre-vingt-douze jours couchée sur un lit de douleur, par suite d'une fièvre typhoïde compliquée d'une autre maladie. Cette pauvre enfant, pliée en deux par la violence du mal, ne pouvant se redresser, ni étendre la jambe droite, avait été abandonnée des médecins et on lui avait administré les derniers sacrements. Le mal empirait chaque jour : une neuvaine, qu'on fit à Notre-Dame des Victoires, n'ayant amené aucune amélioration dans l'état de la malade, on se résignait au douloureux sacrifice de la voir partir de ce monde, lorsqu'on annonça le pèlerinage des Parisiens à Notre-Dame de Boulogne.

Le père de l'enfant voulut s'y rendre, accompagné de quelques membres de sa famille. En partant, il dit à sa femme : « Mon amie, je pars ; mais ce n'est pas pour mon plaisir, je veux faire ce voyage en véritable pèlerin, pour adresser une bonne prière à la Sainte-Vierge afin d'obtenir la guérison de notre chère enfant. »

A peine ce père affligé touchait-il aux confins du Boulonnais, qu'une révolution s'opère dans le corps de sa fille. Un craquement se fait entendre, une poche ulcéreuse se déchire, l'enfant s'écrie : « Je suis guérie, qu'on m'habille ! » Aussitôt elle se lève et se met à marcher parfaitement droite.

Quand, le surlendemain, son père fut revenu du pèlerinage, il la trouva convalescente, faible encore, mais allant de mieux en mieux, heureuse de sa guérison qu'elle attribue à la Sainte-Vierge et que les médecins trouvent merveilleuse.

Tandis que les pèlerinages français reprennent leur cours avec une splendeur qui égale celle des anciens jours, des pèlerinages étrangers se préparent. Nous savons que des cardinaux italiens n'attendent qu'une occasion pour venir prier aux pieds de la Madonne de Boulogne. Plusieurs évêques et prélats, appartenant aux États-Pontificaux, ont manifesté le même désir. Du fond des Abruzzes, le pieux et docte évêque d'Aquila, Mgr. Luigi Filippi se dispose à venir apporter comme offrande de pèlerinage une magnifique croix de procession du XIII° siècle, en bronze niellé, avec émaux et filigranes d'argent.

L'Italie paiera ainsi largement son tribut d'hommages, à Notre-Dame de Boulogne. Mais le don qui surpassera tous les autres, est celui que fait le Prince Alexandre Torlonia. Nos lecteurs se rappellent avec quelle magnificence le duc d'Aumont avait fait construire le jubé de l'ancienne cathédrale, et combien étaient admirées les sculptures dont Louis XIV avait décoré le maître-autel ; mais ces œuvres royales, dont les débris sont conservés dans notre crypte, ne peuvent soutenir la comparaison avec les riches mosaïques, les marbres précieux et les délicates sculptures qui orneront l'autel de la nouvelle église.

Cet autel est en voie d'exécution, à Rome. On y travaille avec activité, depuis bientôt deux ans, et l'ouvrage n'est pas encore terminé. Tous ceux qui en ont vu les plans et les matériaux, s'accordent à dire qu'il n'y aura nulle part dans le monde un autel semblable.

N'est-ce pas un fait inouï dans l'histoire qu'un prince romain fasse exécuter un travail semblable pour une église bâtie sur cette côte lointaine, où Virgile plaçait les derniers des mortels : *extremi hominum Morini ?*

De nouvelles fêtes se préparent, plus brillantes et plus magnifiques que celles dont nous avons esquissé l'histoire. La statue colossale de l'Immaculée-Conception, sculptée par M. Bonassieux, va être solennellement inaugurée au sommet de l'édifice.

Des pèlerins nombreux sont attendus à cette occasion dans notre ville. Le sanctuaire de Notre-Dame de Boulogne vient d'être agrégé au célèbre sanctuaire de Notre-Dame de Lorette. Sa Sainteté Notre Seigneur le Pape Pie IX, par un bref du 17 juillet dernier, accorde l'Indulgence plénière, une fois chaque année, à tous les fidèles chrétiens de l'un et de l'autre sexe, qui, en accomplissant les conditions ordinaires, visiteront l'église et prieront devant la sainte Image de Notre-Dame de Boulogne. Cette faveur est infiniment précieuse pour

5

tous les pèlerins , puisqu'ils peuvent choisir dans toute l'année le jour qui leur plaira le mieux pour gagner l'indulgence. Par surcroît, le même Bref accorde une indulgence de sept ans et sept quarantaines, tous les jours de l'année, sans exception, à ceux qui, ayant au moins la contrition de leurs péchés, viendront prier aux intentions de l'Église dans le sanctuaire de Notre-Dame. Ces indulgences sont toutes applicables aux âmes du Purgatoire.

D'autres priviléges et d'autres grâces spirituelles sont réservés au sanctuaire de Notre-Dame de Boulogne et seront publiés pendant les fêtes de la station prochaine, pour la gloire de Dieu, l'exaltation de la Sainte-Église et le développement du culte de Marie Immaculée.

TRADUCTION

Du Bref par lequel S. S. N. S. P. le Pape Pie IX accorde des Indulgences en faveur des pèlerinages de Notre-Dame de Boulogne.

PIE IX, PAPE,

POUR EN CONSERVER LE SOUVENIR A PERPÉTUITÉ.

« Mu par Notre paternelle charité, afin d'augmenter la piété des fidèles et de procurer le salut des âmes au moyen des célestes trésors de l'Église, Nous accordons miséricordieusement dans le Seigneur à tous et à chacun des fidèles chrétiens de l'un et de l'autre sexe, qui, vraiment pénitents, s'étant confessés, et ayant reçu la sainte communion, visiteront dévotement, en quelque jour de l'année que ce soit, chaque année, l'Église dédiée à la Bienheureuse Vierge Marie dans la ville de Boulogne-sur-mer, au diocèse d'Arras, et la sainte Image de la même Bienheureuse Vierge Marie dite *de Boulogne*, et qui y adresseront à Dieu de ferventes prières pour la concorde des Princes Chrétiens, pour l'extirpation des hérésies et pour l'exaltation de notre mère la Sainte Église, le jour où ils le feront, l'Indulgence plénière et la rémission de tous leurs péchés, pouvant être gagnées par chacun des fidèles chrétiens une fois seulement chaque année, le jour qu'il leur plaira de choisir. Nous accordons pareillement chaque jour de l'année, dans la forme ordinaire de l'Église, une remise de sept ans et de sept quarantaines sur les pénitences imposées ou dues, à quelque titre que ce soit, à tous ceux qui, au moins contrits de cœur, rempliront convenablement les conditions qui précèdent. Nous voulons que toutes ces indulgences, puissent être appliquées, sous forme de suffrage aux âmes des fidèles qui ont quitté ce monde, unies à Dieu dans la charité. Nonobstant toutes choses contraires, les présentes auront force et valeur dans les temps futurs à perpétuité.

« Donné à Rome, sous l'anneau du Pêcheur, le 17 juillet 1857, de Notre Pontificat, la douzième année.»

« Par mandement spécial de Sa Sainteté

Pour son Éminence le Cardinal Macchi

« J.-B. BRANCALEONI-CASTELLANI.

Vu pour être mis à exécution

A Arras, le 9 août 1857.

Pour Monseigneur l'Évêque d'Arras,

B. DES BILLIERS, *vic. gén.*

FIN.

Boulogne.—Imp. BERGER frères.